みちの記

梅田恵以子

東方出版

序

朝日新聞論説委員　石井　晃

「道をキーワードに、人間の営みを書くというのはどうでしょう。歴史とか、民俗とかを織り込んで……。面白い読み物になるんじゃないでしょうか」

「司馬遼太郎さんの『街道をゆく』の紀州編と考えてください。個人的にも、すごく興味深いテーマなんです」

梅田さんに初めてお会いしたとき、こんな話を持ちかけてみた。挑発である。

彼女のことは、和歌山を代表する随筆家であり、歌人であり、郷土史家であり云々と、先輩から紹介されていた。何冊もの著作があり、カバーする範囲も、民俗から、うまい郷土料理、樹木の話まで幅広く、なんにでも、一家言ある人だと聞かされていた。

「ふーん、才女が服着て歩いてんのんかいな」

先輩が余りにもほめまくるもんだから、僕は身構えていた。内心、こんな風に毒づいてもいた。

でも、話をすると、とてつもなく面白い。とにかく話題が豊富。そして、記憶力が鮮明だ。室町時代に活躍し、俳諧の祖ともいわれる宗祇のことから、紀州の備長炭や木酢液、そして水銀鉱山の話まで、まるで機関銃を撃つように話が展開する。

日本浪漫派の話では、すっかり意気投合。学生のころに、保田与重郎氏に薫陶を受けた話や、記念碑的な名作『日本の橋』の話題で、一気に盛り上がった。

朝日新聞和歌山版に「みちの記」を連載してもらう話は、こうしてスタートした。

――「みち」は「未知」に通じる。未知には感動がある。

連載の一回目に、梅田さんはこんな言葉を書いている。

「未知」に感動を求める――。実は、これが梅田さんの本質を言い表した言葉であることを、その後、お会いするたびに思い知らされた。

未知なるものへの好奇心、探求心。それが半端じゃない。ちょっとでも、気になることがあると、そのままにしておけない性格。それを何度も見せつけられた。

那智勝浦へマグロを食べに行ったときには、相席したマグロ漁師に、中津村に備長炭の窯元を訪ねたときには、炭焼きのおじさんに、とにもかくにも、質問の雨を降らせる。

好奇心をむき出しにした質問が、相手の警戒心を溶かせてしまうのだろう。話し始めて五分もたてば、もう十年来の知己のように話が弾んでいる。きっと、新聞記者になっていても、成功した人だろう。

そういう好奇心と取材力、そして、磨き上げた文章力が混然一体となって「みちの記」の連載は、五〇回を数えた。

最終回は「朝に道を聞けば、夕べに死すとも可なり」と書き、最後を「私は自分の道を創る」と結んでいる。
この自負心。意欲。エネルギー。ますますのご健筆とご活躍を期待する。

●もくじ

装幀　森本良成
写真　中川秀典

みちの記

みち　脱線しないか　迷わないか

「みちの記」を書くために、二、三カ月「みち」のことばかり考えていた。私が「みち」に目覚めたのは、昭和四十年代だった。『紀のみちすがら』(昭和四十九年刊)、『紀の散歩みち』(昭和五十三年刊)はその頃に書いた。

「みちすがら」とは、道を行くあいだ、道中ずっと、道をゆくついで、歩きながら、という意味。風景がひろがる。木々、草の花、風のにおい。これほど四季折々が感じられるところはない。「みち」に雨が降る。雨水が流れる。水たまり。雪に埋もれる。霧、見上げる雲。人の服装、暮らしは私の生きてきた間にも随分変わった。

歩く、走る、行き帰り、運ぶ。人と会う。この道々で聞く話に引き込まれた。

「信長みちといいますのや」。きのう、信長が通ったような口ぶりだった。「弘法さんにええ水もろて」。千二百年の時を超える。弘法大師はよく歩かれた。伝説は紀州各地にある。歩くことで私も学んだ。

「すべての道はローマに通ず」。これはローマ帝国の全盛期、世界各地からの道がローマに通じていたことを言う寓話《ぐうわ》の一節だ。

「すべての道は海につながる」という言葉もある。また、「落つれば同じ谷川の水」。出発点は違っても最後は同じ「みち」にたどりつくのは水だけではない。道には山みち、畦《あぜ》みち、街路、車道、地道、水道、海路、空路。だんだん思いをひろげてゆく。

友人たちにも「みち」についての意見を聞くことにした。「みち？」。殆《ほとん》どの人が怪訝《けげん》な顔をした。「建設省の注文ですか」「勿論《もちろん》道路や橋もあります」「人生かな」「それもあるね」「哲学するのですか」「はい、考えています」

司馬遼太郎の「街道をゆく」のような大きな構想はないが、歴史の中で落ちこぼれた話、忘れられた話を「みち」で拾うことができるかも知れない。女の視点、身長一五〇センチばかりの目の高さで見る風景。

何を書きはじめるのか。まわりは心配げに見ている。

興味を持って走り出すと、とまらない性格だ。「みち」から脱線しないか。「みち」に迷わないか。

友人のひとりは「塩のみち」という本をくれた。世界の塩のみち、日本の塩のみちがあるように、紀州にも塩の道がある。生産と流通だ。

国語辞典をくれた人もいる。心新たに「みち」をひいてみるようにということだろう。やはり新しい発見があった。何げなく「みち」と言っているが、「み」は雅語で美称の接辞。「ち」は道の意味だという。古くから「みち」は人間に尊ばれた。

「みち」を考えながらときめきはじめる。「みち」は「未知」に通じる。未知には感動がある。「みち」の序を書き終えて、やっと私の「みち」が見えてきた。

11　みち

記憶　すべてが紀州に向かっていた

大阪市の中心部の「みち」は南北を「筋」といい、東西を「通り」という。私が住んでいた家は安堂寺橋通り一丁目（現、南船場）。すぐ西に堺筋があり、市電が走っていた。

定かではないが、物心ついた頃らしい「みち」の記憶がある。今から考えるとまだ三歳になっていなかった。

この時代の日本は大騒ぎして新年を迎えていた。門松をたてる。幕を張る。しめかざり。餅《もち》つき。鏡餅。おせち料理。大掃除など。「おもて」はあわただしく人が行ったり来たりしていた。家の中もみんな忙しそうでだれも私にかまってくれなかった。今までにない様子が身のまわりで起こっている。

翌日になると昨日は嘘《うそ》のように町も家も静まりかえった。私は真新しい着物を着せられ、窮屈な「オビ」というものを結んでもらった。そしていつもと違うご馳走《ちそう》を食べる。一日が長く感じられた。大きな羽子板を抱くように持たされ「おもて」に連れ出された。着飾って人に見てもらうことも「晴れの日」の親の思いだったのだろう。

その日の「みち」は趣が変わっていた。長袖《ながそで》の着物を着た女の人が大勢いたように思う。袂《たもと》がフワリフワリとかろやかに重なりながらリズミカルに揺れていた。「羽根つきしてるんや」と聞いた。

13　記憶

昭和九年頃の大阪の経済や文化は、東京をしのぐ勢いでのびていた。平和で豊かな船場、華やかな正月の「みち」の記憶はこんなひとこま。なぜか思い出に色彩がない。

初めて私が歩いた「みち」は、この家の「おもて」だろう。幼稚園に通うようになってひとりで歩いた。近くの「蘭ちゃん」を誘いに行く。小学校も同じ校舎だったから、七年間安堂寺橋通りの「みち」を東に向かって登校し、西に向かって帰ってきた。

ある登校途上のこと。ずっと遠くに山が見えるのに気付いた。山は田舎でしか見られないものと思い込んでいたが見えた。生駒山だった。

東横堀川を渡ると松屋町筋。ここから道は勾配《こうばい》のきつい坂みちになる。坂みちに沿って家並みがある。この坂みちの町が好きでよく遊びに行った。そこから上町に出る。

上町というのは坂の上の町の意であるらしい。このあたりを上町台地といい、活断層のあることも最近知った。急な崖《がけ》や急坂、そう言えば坂のつく地名も多い。

「難波の浦の身をつくし　千船百船慕い寄る――」。これは私の小学校の校歌。幸田露伴が作詞、山田耕作が作曲している。船場は海だった。日本中からまた外国からも船が集まってきた。台地に難波《なにわ》宮《みや》が建ち、四天王寺が造営され、情報が集まり、文化が生まれ、大和、京、紀州へひろがった。大阪城も上町台地にある。

熊野街道は京都から淀川を下り、天満あたりを起点に歩きはじめる。堺筋は紀州街道だった。両親が紀州出身というだけではない。私の生まれ育った「みち」の環境はすべて紀州へむかっていた。人のこころも――。

散歩みち　雑草見るたび　芭蕉の気分に

若い頃、雑誌のグラビアなどで「作家」といわれる人たちが散歩をしているのを見て、この世界にあこがれを抱いた。しかし、写真を撮るためのポーズなのかも知れないと思ったこともある。

のちに私は随筆というかたちでものを書きはじめ、十数年経って少しずつ忙しくなってきた頃、無性に「机」からも「家」からも離れて外を歩きたいという気持ちになった。気分転換というものだ。作家の散歩はこれだったのだと理解した。そう言えば「私の散歩みち」「好きな道」などを書いている人もいる。歩きながら思索する、まとめる——。

京都の南禅寺の近くの疏水《そすい》沿いに「哲学のみち」がある。水の流れるさわやかな音、四季折々の自然の風景の中で考える。歩くと足のかかとが脳を心地よく刺激する。足の裏には五臓六腑《ごぞうろっぷ》のツボがあるという。散歩する単調なリズムが集中力を養ってくれるのだ。

しかし、私は「散歩」という目的を持たずに行動することには抵抗があった。はたを気にするわけではないが、「どちらへ」と人はときどき挨拶がわりに尋ねる。「散歩です」などと言うと奇異な感じに受け取られるだろう。「暇なのですね」と。世間とはこんなものだ。すると思考が乱されるかも知れない。

女性の仕事のひとつに市場へ買い物という手がある。私は書くことに行き詰まると、日に何度も近くの市場へ行くことにしている。野菜や果物、魚、洋品店、花屋、それぞれの四季がある。ときどき「みち」を変えたり、遠まわりしたりする。

春は特に楽しい。花があふれている。塀からのり出して咲くサクラ、よその家の木蓮《もくれん》、原っぱの桃の木一本。毎日のように見ているから観察しているようだ。二月、三月、寒波が来たりするのに、枝は少しずつ赤みをさしてくる。やがて蕾《つぼみ》ふくらむ。日ざしが明るさを増してくると咲きはじめる。満開のときの木の勢い。どの花も天を指して咲く。

私が住んでいるのは和歌山市堀止西。閑静な住宅地といいたいが、黒潮国体のとき東側の家が立ち退きになり、わが家は国道沿いになってしまった。排ガスの黒ずみと騒音に昼夜悩まされながら暮らしている。その時広い歩道ができ、街路樹が植えられた。初めはなかなかなじめない風景だったが、二十数年もたつと木も成長し「みち」もそれなりの風格を持つようになる。アスファルト舗装には小さな亀裂やくぼみができ、そこにたまるわずかな土に草が生える。こんな条件の悪いところでも生き生きとしている。雑草だからと抜く気になれない。花まで咲かせているではないか。

よくみればなずな花さく垣ねかな　　芭蕉

よく見れば——と、私は「みち」を歩きながら芭蕉の気持ちになっている。ナズナは十字型の小さな花を無数につける。枯れ草の間からいち早く春の信号を送ってくる。

こんな喜びもつかの間のこと。暖かな春の日ざしを吸い上げて、草はたけだけしくのびはじめる。私の散歩みちの風景——。

17　散歩みち

塩のみち「血管のように張りめぐる」

小皿に塩を盛って机の上に置く。塩をしみじみ見るのはこれが初めてだ。小さな白い結晶がキラキラしている。これで人間は生かされてきたのだと思っている。

まず塩は「清める」という力を持つと信じられていた。「膳《ぜん》」を清めるために置かれた塩の皿を手塩皿といった。小皿のことを「おてしょ」というのは、これからきている。

「シヨ、シヨ」。葬式から帰ると母の甲高い声が玄関でした。怖いことが起こると困るから塩を持って走った。塩はけがれや悪霊を払うらしい。門の盛り塩は招福、また人を招き入れるという。

食用としては味付け、味噌《みそ》、醤油《しょうゆ》づくりに。漬物、なれずし。西瓜に塩をひとふり、甘さをひきたてる。コップを磨く。歯ぐきをひきしめる。工業用の塩。

小皿の塩をちょっと嘗《な》めてみた。なかなか味なものではないか。わが家はニガリが残るしっとりとした粗塩を使っている。いい塩は口にふくむと甘味がある。どんな料理も塩加減。一番大切でありながらいつも台所の片隅に置かれている。

たかが塩だ。されど塩である。塩は「塩さま」と呼ばれてもいいはずだ。私は塩の歴史を考えている。

19　塩のみち

子どもの頃、神棚には米と水と塩が供えられていた。「カミサンなんでこんなもん好きなんやろ」と思っていた。今だったらよく分かる。毎日感謝の気持ちで手を合わせたのだと。

戦争末期（一九四三年頃）、日本は塩まで不足した。母はどこからかビンに入った濃い食塩水を手に入れてきた。「命の水」というラベルが貼《は》られていた。

最近は塩は健康によくないという理由で、塩ひかえめ、減塩などと表示されている。梅干しは「要冷蔵」。これは不変の保存食だったのに。塩と梅酢がかもし出す味わいは「塩梅《あんばい》」。それが生活する上で、物事の具合が良い場合にも使われる言葉となった。

「最も古い道路は塩を送るために作られた」。マルソーフ著の『塩の世界史』のまえがきに書かれている。日本でも山から薪を持って来て塩とかえた。薪は塩を焼くのに必要だった。米やヒエも塩とかえた。「塩」のために人が行き来する。人が歩くと自然に「みち」ができる。その「塩のみち」は「人間の血管のように日本列島各地に張りめぐらされた」と書かれている本にも出合った。

世界最古の都市は塩の取引を中心に設立された。塩が国家の歳入源であり、ヨーロッパ最初の商業都市ベネチアは塩で経済を支え、塩の産地は軍事行動の目標となった。

日本の戦国時代、武田、上杉の戦いで、山国の武田方への「塩のみち」を断つことはしのびないと、「敵に塩を送る」という人間味あふれる言葉が生まれた。

塩の本、塩にかかわるものを読みながら、「塩」が道の原点だと言われていることにも納得した。

藻塩

「海」という大きな資源に恵まれて

漁師がふたり小舟に乗って長い竿《さお》の先に海藻を持ち上げている。渋い色調の日本画で、絵がやや霞《かす》んで見えるのは春の海の凪《な》いだ風景なのだろう。

「商人好みの絵でな」。母はその掛け軸を掛ける度に話をしていた。題は「藻刈り舟」。なぜ、この絵が商人好みなのか、子どもの頃は不思議に思っていた。

「藻刈る」は「儲《もう》かる」。「モオカル」のは利益を得ること。これが商売繁盛なのだ。言葉の響きを好んだものらしい。私は「みち」をはずれて、「藻」に興味が傾いていく。

万葉集に「藻」を詠んだ歌がいくつかある。


藻刈舟沖漕《こ》ぎ来らし妹《いも》が島形見の浦に鶴翔《たづか》ける見ゆ

これは紀州加太浦。赤人も和歌浦の長歌に、「——玉藻刈りつつ神代より然《しか》ぞ尊き玉津島山」と歌っている。玉藻の玉は藻の美称。

「藻塩」というのもある。「朝なぎに玉藻刈りつつ夕なぎに藻塩焼きつつ——」。朝は海に出て藻を刈り、夕方は浜辺で藻塩を焼く。のどかな海辺が見えてくるようだ。

「藻塩火」「藻塩の煙」。百人一首の定家の歌にも、

こぬ人をまつほの浦の夕なぎにやくやもしほの身もこがれつつ

とある。待つことのやるせない恋の思いに重ねた「藻塩」とは——。

昔、海藻を集めてそれに海水を何回もかけて濃縮されたものを煮つめる「藻塩焼法」という製塩法があった。塩をとるための海藻。藻塩草は日本各地の浅海の泥に群生する。この藻は「かき集めて」採集したらしい。話は藻とかかわりはないが、「書き集めた」もの、歌集、随筆集のことを「藻塩草」といった。

「藻刈舟」の儲かる。書き集める「藻塩草」。日本の言葉。日本のこころ。この楽しさと面白さと。「藻」から「塩」を知った。

和歌山市と御坊市に、塩屋という地名が和歌山県にふたつある。和歌山市塩屋と御坊市塩屋と。和歌山市西庄、日高郡と田辺、白浜にかけて海沿いには弥生、古墳時代の製塩土器がたくさん出土している。塩の生産が盛んだったのだ。

紀州の海岸線は六〇〇キロに及ぶ。「海」という大きな資源に恵まれている。地形的に紀伊半島にいい塩浜があり、黒潮に藻塩草もよく茂った。木の国だから塩を焼くための木も豊富にある。塩を焼く薪を「塩木」といい、この薪を伐採することを「塩木なめ」、搬出を「塩木ながし」というところがあったという。

すべてが塩中心に動いた古い時代。

御坊市の記録によると、七六一年（天平宝字五年）に財部《たから》郷に住む矢田部益占《ますと》が国に塩三斗を納めた木簡が平城京から出土している。地域の産物を納める「調」としての税である。

23　藻塩

紀州は伊勢、尾張、若狭、伊予など一四カ国の中でも有数の調塩の貢納国だったと「県史」にある。紀州から奈良の都へ塩が運ばれていった。それから千二百余年経て私が使っている粗塩の原料は、はるばる赤道をこえて、オーストラリア西海岸からきている。

塩市　移転には悲喜こもごものドラマ

「紀州の味」を各地に取材していた頃、橋本市に「でっち羊羹《ようかん》」のあることを聞いた。この羊羹は歳末にだけ作られていたものだった。なぜ橋本に「でっち羊羹」なのか。昔、年季奉公の少年を「でっち」と呼んだのは大阪だけかと思っていた。

「どんな職業のでっちさん？」「橋本は商業の町でしたから、桶《おけ》屋さんも多かった」「何のためのですか」「塩です」

奉公人や職人見習が正月休みに家に帰るとき、みやげに持たせたものらしい。私が取材に行った一九七五年（昭和五十年）、「でっち羊羹」を作って売る老人に出会った。竹の皮に羊羹を流し込んで蒸し上げる。ほのかに竹の皮の渋みと黒砂糖の味がする素朴なものだった。もともとは親方の家の自家製だったが、まんじゅう屋が売り出すようになったらしい。

現地を訪ねると、思わぬところに新しい発見がある。海から遠い橋本になぜ塩市があったのか不思議だったが、塩は運ぶものであり、運ばれてくるものだと知った。

四百年余り前のこと。高野山で修行した応其上人《おうごしょうにん》（一五三七—一六〇八）がこの町をおこした。「高野の応其か、応其の高野か」といわれるほどの権力者で、紀の川べりの荒野を拓《ひら》き、高野往環の宿駅をつくり、紀の川に橋をかけた。その橋は三年で流失したが、「橋本」の地名を残した。市脇の塩市を橋本に移し、この町だけ永久に税をかけない「永代諸役免除」という特権を秀吉にとりつけた。

当然のようにこの町は栄えた。享保年間には塩問屋二三軒、塩を運ぶ紀の川の川舟仲間なども財を築き、大きく経済を動かすほどの力を持った。「でっち羊羹」はこの繁栄の中に生まれひろがった。

しかし、市脇から橋本への塩市の移転は、その当時地元に大きな衝撃をあたえただろう。悲喜こもごものドラマがあったはずだ。応其上人の援助で新興商業地として急成長した橋本の町も、その頃利権をめぐる人たちの争いに明け暮れたのではないか。四百年の歳月を経ると人の悲しみも怒りも風化してしまっている。

一六の塩市、月のうち一と六のつく日の市。塩は和歌山の三葛から紀の川を遡《さかのぼ》り、舟で運ばれてきた。江戸時代になると塩市は月一二回。最盛期は一日三〇〇艘《そう》もの川舟が上り下りしたという。上りは三日がかり、下りは一日。塩市の繁栄は三葛の塩浜のにぎわいとなった。

人はそれぞれの思いを持って「みち」を歩く。経済も文化も、人とともに動く。町は時代が変えてゆく。

橋本川の改修で古い商家や船宿、船を寄せて家へ上がってゆく石段、川に張り出した縁先などが姿を消した。しかし、懐かしむだけでは発展がないのだと最近私は思うようになった。

栄えに栄えた橋本の昔を偲《しの》ばせてくれる「でっち羊羹」の素朴な味は、二、三の菓子屋に受け継がれている。

27　塩市

詩歌から　ひたすら歩き　素晴らしさ知る

一九四五年（昭和二十年）八月、日本は敗戦というかたちで戦争を終えた。和歌山市も空襲で町の大半が焼失。私は十四歳で、国のゆく末を考える年齢ではなかったが、身のまわりのさまざまな変化を感じていた。教育がそのひとつで国語、歴史などの視点が急に変わった。教科書を墨でぬりつぶす作業がはじまった。「皇軍」「神風」は言うことさえはばかられた。

不安な夏が終わった。学校は進駐軍に占拠され、私たちは近くの大学の教室を借りて勉強することになる。教育方針がたたず、紙も不足していた。

国語の担任をしておられた若尾正朔先生は短歌を教材にすることを思い付かれた。ガリ版で刷った二十首ばかりの歌で授業がはじまる。三十一文字の観照、文法、作家の時代背景。「みちの記」を書くことになって、私は「ふたつの道」を思い出した。

　あかあかと一本の道とほりたりたまきはる我が命なりけり

斎藤茂吉の歌だ。六十年前の記憶を確かめるために茂吉の歌集を開いた。久しぶりに歌集を読む。この歌は「一本の道」という連作の中にあった。解説に、「沈痛なる風景を照らした」と芥川龍之介が評している。「かがやけるひとすじの道」「野のなかにかがやきて一本の道は見ゆ――」。茂吉が感

29　詩歌から

動し、歌わずにおれなかった「道」の出合いは何だったのか。

やわ肌のあつき血潮にふれもみでさびしからずや道を説く君

与謝野晶子の「道を説く君」は仏の道を説く。十五、六歳では歌の理解は十分にできなかったが、言葉の流れ、たくみさに引き込まれるように、私も歌を作り始めた。

今、晶子と茂吉の「道」を読みくらべている。流派の違う歌であるのに響きあうものを感じる。「智恵子抄」を読むようになって、高村光太郎の「道程」を知った。

僕の前に道はない

僕の後ろに道は出来る――

読んだときはかなり考えこんでしまった。

若い私には将来という希望があった。苦労知らずに育ったから少々甘さもあったかも知れないが、「みち」で表現される前途である。花が咲き乱れている平坦な、そして華やかな「みち」を思い描いていた。ところが「僕の前に道はない――」。突然私の道もふさがれたように感じとった。「一寸先は闇《やみ》」。年を重ねるとこんな言葉が見えてくる。前に道がない。明日という日の約束はない。歩けないかもわからない。うずくまってしまうか、細道に迷い込むか。

ふりかえると、私は随分長い道を歩いてきた。美しい道もあった。大きな峠をいくつも越えた。いばらの道も歩き馴《な》れると平気になる。道でたくさんの人に出会った。大勢の人に支えられた。裏切った人もいる。雑言中傷も、道の途中にあった。ひたすら歩いてきた。ひたすら歩くことが素晴らしい「みち」になることを知った。

草と遊ぶ　懐かしい四季折々の楽しみ

スミレ、タンポポ、シロツメグサが道ばたに咲いている――。地方では何でもない風景だが、都会から和歌山に住みはじめた私には大変な驚きだった。

夏は月見草。夕暮れから黄色の花が咲く。月の色をしていると思った。学名はオオマツヨイグサと言うらしいが、はじめて花の名前を知ったときの印象で、私はかたくなに月見草と呼んでいる。オシロイバナ。これも夕方から咲く。黒い種をつぶすと白粉のようなすべすべとした粉がでる。頬《ほ》っぺや手の甲につけた。道草のむれる甘い匂《にお》いがする。歌を詠むようになった十六歳のとき「草いきれ」という言葉をおぼえた。

草の実がはじける。風にとぶ種、草もみじ、枯れ草の風情、道のくさにも四季折々の表情があること。みんな和歌山で知った。

これを一纏《ひとまとめ》にして「雑草」とよぶ。雑草を辞書でひくと、「農作物や庭木、草花の成長をじゃまする野草」とある。人間の視点で解釈されている。また「顧みるものがなくてもすくすくと伸び、踏みつけられても逞《たくま》しくのび続ける」自由、強烈な精神力。自然に学ぶ人生観だろう。

雑草のひとつ、カヤツリ草は三角形の茎をしている。この茎の両端をふたつに裂いてひっぱると蚊帳を吊《つ》ったように四角になる。誰《だれ》が思いついた遊びだろう。そのままが学名になっている。子どもの頃、大阪は蚊帳がいらなかった。ところが戦争末期、防火用水を各戸に備えるようになってから蚊に悩まされた。和歌山に来て長く蚊帳の生活をした。嫁入り道具でもあった。もうすぐ「蚊帳」も死語になる。

スモトリ草は草の穂を結んで引き合う。先に穂がとれた方が負け。相撲を取る草だから、スモトリ草と呼んだのだろう。

シロツメ草の花の冠。花を摘んで器用に編む子がいた。白い花とあざやかな緑の茎で花冠を作る。それを頭にいただくときの初夏のまぶしい光を私はおぼえている。彼岸花も道ばたの花。戦後、この赤い花がアメリカ人好みだということで輸出して大儲《もう》けをした人がいた。

私は花ちょうちんを作って遊んだ。花をふたつにさいて茎のカワを残しながら左右にポキポキ少し折る。すると赤い花はちょうちんのようにぶらぶらする。ピィーッと草笛。湿地帯に生えるハトムギ、この実に糸をとおして首かざりにした。

子どもは草のあそびを知っていた。ごく自然なかたちで草とふれ、遊んでいるようだった。男の子は叢《くさむら》をうかがっている。虫取りをしているのだ。バッタ、カマキリ、イナゴなんかはお目当てではない。キリギリスの鳴いているところにそっと近づく。私はキリギリスが「チョン」と鳴いたように聞いたが、「ギースチョン」だった。子どもの頃、大阪の夜店で鳴いていた。

こんな長閑《のどか》さはもう戻って来ないのだろうか。草の名前、草のあそびを知っているだけで、豊かな生活がある。

33　草と遊ぶ

立ち話　二十一世紀にはどんな草模様に

雨上がり、市場の買い物の帰り道で、近くの主婦と立ち話をした。「久しぶりやね」「お元気でしたか」

この人はよく道路の落ち葉をはいたり、植木や草花に水やりをしたりしている。そんな時に出会う。「みちの記」の読者なのだ。「今度もなんと変わった面白い連載やなあ、なつかしい話、出てくるし」。「今度も」と言うのは、前に書いた「紀州木の国木々歩記」と「みちの記」もふくめて言っている。「次は何を書くの」「道の草よ」。彼女は少し怪訝《けげん》な顔をした。

私の家の北側に百坪ばかりの空き地がある。あおあおと草が繁《しげ》っている。ときどき草刈りをしてくれているらしい。夏は涼しげだ。今どき町中のこんな草原は贅沢《ぜいたく》なのだ。野鳥やハトが草の実を食べている。

「道の草にもその時代があるわね」。私とこの人とは同世代だから、目にふれてきた草も同じ。「月見草（オオマツヨイグサ）見なくなったね」「そう言えば見かけやんの」

子どもの頃、岡山県へ両親に連れられて旅をしたとき、山陽線の行き帰り、沿線に黄色い花が咲いていた。朝は赤くしぼむ。月見草だと教えられた。

35　立ち話

戦後ながく紀の川沿いの車道にも、水軒川の堤や道ばたにも咲いていた。「待てど暮らせど来ぬ人を宵待草のやるせなさ――」。よく見ると、淋《さみ》しげな風情などどこにもない。むしろ逞《たくま》しく繁殖していった草のひとつだ。明治のはじめに渡来したらしい。いつの間にか見かけなくなった。

それからアレチノギクが勢力を持ちはじめた。戦後の日本の焼け跡を埋めつくした草である。この草のひろがりは荒廃した日本を象徴していた。

次はセイタカアワダチソウの時代がくる。私はこの花が群れ咲くのを見て何度も「美しい」という感情を抱いた。岩出大橋を渡って紀の川を河口に向かって車で走るとき、特に晩秋の夕陽《ゆうひ》に照らし出された黄金色の光景は壮絶な輝きだった。

やがて人はセイタカアワダチソウから離れる。喘息《ぜんそく》や花粉症の原因だと言われはじめる。ほかの植物の害になる物質を地下茎から分泌する。「公害草」の名も出た。攻撃的であり、猛烈な繁殖力を持つ草も、ピークに達すると自家中毒で自滅するらしい。その後、紀の川土堤はヒメジョオンの道になったが――。

昔は歩く人間や動物について、種が動いた。風が運ぶ。鳥の胸毛について行く種。どちらかといえば小さな生活圏で草はひろがった。汽車や自動車が発達すると、車輪にまき込んで播《ま》いてゆく。子どもの頃見た山陽線の月見草は、汽車の轍《わだち》が運んだものだったのだろう。

強い草がどんどん侵略してゆく。更に強い草がはびこる。生き残る草、姿を消してしまった草。「飛行機の車輪や、コンテナにも種がついてくるそうよ」。飛行場や港、国道を走る車。これからどんな草の移りがあるだろう。二十一世紀の草模様。おんなふたりの立ち話。

道草　「のどかさ」を大切にしたい

ある婆《ばあ》さんが死んだとき、たくさんの馬が焼香に来たという。民話のような話だ。私は馬が焼香している姿を想像して驚いたが、「あほやな、馬が焼香するわけないでしょう」と。そこで聞いた話。

戦前の大阪市では牛や馬が荷物を運んでいるのは、ごく普通に見られた風景だった。婆さんは家の前を通る馬のために毎日水を用意したという。馬方さんはお世話になった婆さんの葬式に馬を連れて参列した。ほのぼのとしたいい話だったのでメモしておいた。

太平洋戦争が苛酷《かこく》になるまで、大阪の船場でも牛や馬が行き来していた。馬が休憩しているところへバケツに水を汲《く》んで持って行く人をたびたび見かけた。子どもは牛や馬に出合うのが好きだった。白い馬たてがみを風になびかせ、パカパカと心地よい蹄《ひづめ》の音を響かせて行く。優しい目をしていた。白い馬に出会うと親指をかくして握りこぶしをつくり、通り過ぎるのを待った。親の死に目に会えないという迷信だった。

大きな桶《おけ》に飼葉を入れて食べる。草やワラだった。尿も糞《くそ》も大道でする。私たち小学生はその様子を遠まきにして見ていた。尿は滝のようにしぶきを上げる。馬はワラのような乾いた糞をする。牛はヌルヌルとした糞だった。ほとんど飼い主が始末をしていた。たまに処理を忘れて行ってしまう人がいたが、だれかが掃除をしていた。

ある日、物知りの男の子が「牛の糞にも段がある」とそのものを指さして言った。「なるほど——」と女の子たちはかたちを見て感心していた。男の子は英雄のように胸を張った。何事も順序、次第があるという「ことわざ」だが、深い意味も考えず大人の口まねをしただけなのだろうが、五十余年も心に残っている。

「道草をくう」。これも牛や馬にかかわりがあることを最近知った。「道草」とは道ばたに生えている草。「くう」は食べる。この言葉は「人間語」に解釈すると、途中でほかのことをして時間を費やすこと。

宮本常一の『塩の道』には山奥で塩を運ぶのは馬より牛を重宝したとある。その理由は牛は道草を食ってくれると——。茅《かや》のような草、チガヤなどはいくらでも食べたらしい。「腹が減ったかなと思うと途中で牛を止めて草の多いところでそれを食わせるので餌代が助かる」。そのかわり目的地に着くのがおそくなる。道草を食いながら行くからだ。実にきれいに草を食べるのだそうだ。季節は春先から秋まで、街道わきの細道がよく利用された。その方が草がよく繁《しげ》っている。これが「道草をくう」の原点なのだ。

女たちは「食う」という言葉に抵抗がある。みんな「道草してた」「道草をする」で通じる。道は真っすぐ行くよりも、まわり道、寄り道が楽しい。道草をくうのはゆとりの時間になる。のんびり知識を重ねてゆく。こんな長閑《のどか》さを大切にしたい。

39　道草

辻　「十字路」の言葉に旅情感じ

私が「辻《つじ》」について書いてみたいと思ったのは他愛《たわい》のないことから。

「河内瓢箪山稲荷神社の恋の辻占縁結《うらないえんむすび》」というのを友人からもらった。今どき珍しい粗悪な紙に赤い鳥居を印刷した「辻占」。古めかしい感じがした。裏に「辻占はんだんのしをり」が書かれている。おみくじ、あぶり出しとやきぬきの三枚入り。

おみくじは「久しうまったかひがある」で吉。あぶり出しを火にかざすと「人気しだいによし」。これもやれやれ。やきぬきは「火」と書かれた中央に線香の火を点火すると、ずるずると火が紙を這《は》って吉か凶のいずれかに火がとまるようになっている。これも「吉」。信じるわけではないが、何事も「吉」がいい。瓢箪山には小学校の頃に行った記憶がある。

ところでなぜ「辻占」なのか。辻で売ったからだ。辞書によると、「昔街道に立って通行人の言葉で吉凶を判断した。また小さな紙片に書いた吉凶の占いなど」とある。あぶり出しややきぬきは瓢箪山稲荷の発案なのだろう。「辻占総本社」とあり、裏側に「粗悪な偽物がありますから御注意下さい」とあった。

「辻は道の二乗だからね」。辻で売る理由について。道と道が十字に交差する。南北を行き交う人、

41　辻

東西を行き来する人たちが道で出会う。真っすぐ行くか、右か左か迷うのも辻である。道標がある。「北熊野みち　東紀三井寺」。これは湯浅でみつけた。どうしようか。心に迷いがある。そこで辻占をしたのではないか。辻は人が集まるところ。「恋の辻占」とあったが、「恋」は何の意味もなかった。

辻は四つ角、四つの角がある。十字路。

昨年の夏の終わり、トルコへ旅をした。イスタンブールで二泊した。ここは東洋と西洋の十字路といわれる町で、古くから東西の文化が入りまじって繁栄した。私たちの日常語ではあまり使わない「十字路」という言葉に旅情を感じた。いろいろの国の人が長い橋を流れるように歩いていた。西洋という国へ、東洋という国へ。イスタンブールの十字路はかたちではなかった。ここを起点に出発した人、行き過ぎて行った人。人や文化、経済が渦巻く。「つむじ」のように。

六十五歳をすぎて新鮮な気持ちで「辻」について考えている。私が住んでいるのは南東の角。昔風にいえば辰巳《たつみ》。ここを入り口にして、戌亥《いぬい》に倉というのが家相がいいと聞いたことがある。表に出て角をまがると違う風が吹いている。それは季節によって変わる。まがってみなければ見えない風景がある。不思議に思って考えると、面白い発見がいっぱいあった。

田辺市に「辻の餅《もち》」という餅屋がある。この家は江戸時代、田辺藩に仕えていたが、幕末から武士の生活が苦しくなったので餅屋を思いついたという。辻で売っている餅だったから、みんな「辻の餅」と呼んだ。うまさが人を呼ぶ。また人の集まる「辻」に目をつけた人の先見の明も良かった。六代目を継ぐ青木弘さんの孫が菓子の学校に進学した。

清姫みち　安珍追う道中　どこまでが恋

安珍を追って清姫が走る。

熊野中辺路の真砂から、日高の道成寺まで。安珍は熊野へ修行に行く僧だった。清姫の家を宿にした。帰りには必ず立ち寄ると約束したはずだったが――。

清姫は待つ。待ちこがれる。風の音にも、木の葉の落ちる音にも、安珍の気配を感じとろうとするが、訪れはなかった。やがて安珍が家の前を過ぎていったことを知る。悲嘆と絶望が極まった。「心頭忽《たちま》ち火を発した」と書いた本もある。

清姫は安珍を追って走り出した。六〇キロの「みち」。途中、潮見峠からはるか見下ろしたが、安珍らしい姿はない。思いあまって峠の杉によじ登った。そこから逃げ去る安珍が見えるではないか。清姫の思いのまま木まで捩《ねじ》れた。後にその木を「捻木」といい、その坂を「捻木坂」という。熊野山中でときどき捩れた幹を見かけるが、これは杉ではない。物語をより面白くするために、話はあとからついたのだろう。

また走り出した。その道は富田川を下る中辺路だったのか。地元の人だけが知る近路があったのか。日高の切目あたりで安珍に近づく。「今だったらオリンピックのマラソン選手でしょうな」。男が女を追うよりも、女が男を追う話の方が悲愴《ひそう》感がある。

草履がぬげた。清姫の草履塚ができる。腰をかけて休んだ腰かけ石。裾《すそ》がはだけて火を吹きながら走る跣《はだし》の女。

日高川の渡し場で船頭にことわられ、川を泳いで渡る。目指すは道成寺。その姿は蛇。山門は閉ざされていた。寺の高石垣をよじ登ったそうな。石垣にその時の爪《つめ》あとがあるとか。物語は語られているうちに尾びれがつく。

安珍がかくれたつり鐘を七巻き半。恨みつらみで鐘を打ち、情念の炎で焼き殺す。

「紀州女は金のわらじで追うてくる」。また、ことわざに「女の仕返し三層倍」というのもある。数百年後、清姫の怨《うら》みの血潮が、清姫塚の柊《ひいらぎ》に宿った。葉をふたつに折ると血のような赤い汁がにじみ出る。執念深い女だ。安珍を焼き殺した。恐ろしい。激しい。言われたくない言葉をいっぱいあびせられる。原因は安珍の裏切りからだ。結果、それも蛇性をあらわにし、炎を吹いて走る清姫の姿が強調されている。

その後、清姫はどうしたか。

「両の眼《まなこ》より血の涙を流し、堂を出て頸《くび》を挙げて舌を動かし、本の方を指して走り去りぬ」と。もと来た道は日高川の方へ、そして入水する。燃え尽きたあとの清姫の心の荒廃を思いやる人がどれだけいるか。

一九七五年（昭和五十年）頃、道成寺絵巻の絵解を拝観した人たちに取材した様子を書き添えておく。

45　清姫みち

上品な老女は、ぼそぼそとした声で「恋って恐ろしいものでございますね」。四十代の女性は「いっぺんやってみたいな。とことん清姫みたいに（笑）」。「追われてみたいですよ、男冥利《みょうり》に尽きる」「うちのやつしつこいからな清姫や」。四十代も五十代も、心に秋風が吹いている。

その中で、女子学生は真剣に「日高川を渡るまでが恋だったのでしょうか」。これには返事する言葉が思い当たらなかった。

小林古径と清姫

恋の終焉　仏画の如き崇高さ

二十年ほど前、美術雑誌で小林古径の「清姫」の絵を偶然知った。これは怨念《おんねん》をむき出し、火を吹きながら走る女ではない。古径は美しい清姫を描いた。黒髪をながくなびかせ、より安珍に近づこうとする、白い指の先までが切ない絵だった。そこは日高川の川岸だろう。川波が不安を象徴しているように見えるのは、私が道成寺物語の成り行きを知っているからかもしれない。強烈な印象を残した。古径は明治、大正、昭和と活躍した日本画家。「うつくしさ」「清浄感」「匂《にお》いやかさ」。近代日本において「かけがえのない存在」という評伝を持っている。一九五〇年（昭和二十五年）に文化勲章受章。「清姫」は代表作のひとつであるらしい。

私はもう一度古径の清姫を見たいと思い、画集を探すつもりで和歌山県立図書館を訪ねた。レファレンス担当の司書の女性に「小林古径の清姫」と言うと、パソコンで簡単にはじき出してくれた。書庫の閲覧室で見せてもらうことになる。紫のふろしきに包まれ、大そうな桐《きり》箱入りの巻物だった。解説を読むと、私が見たい「清姫」は連作の一場面だった。絵巻は七六年（昭和五十一年）に講談社から三〇〇部限定で出版されたもの。

私はふたたび切ない手をした「清姫」に出会えるときめきを感じた。ひもとくときの緊張感。おそるおそる手をふれた。

意外と思われるほど静かな「白描」（墨だけで描かれる絵）からはじまっている。師匠に伴われて熊野へ旅立つ安珍。二場面はあでやかな彩りで、安珍の寝所にしのび寄る清姫は十二単を着ていた。続いて森閑とした熊野本宮大社。濃いみどりの神の森、整然とした朱塗りの拝殿。人物は登場していない。私は自分なりに知っている道成寺物語を重ねて見ている。

帰りには必ず立ち寄るという約束を安珍は破った。そして立ち去った。清姫の思いは憎悪に変わった。山坂みちを六〇キロ走る――。

ところが古径は清姫を薄墨色の雲にのせて空を飛ばせている。雲の速さと、雲に乗る清姫に風を感じた。

逃げる安珍。この絵に熊野の豊かな自然がある。木の葉の優しさ。いまわしい翳《かげ》りはどこにもない。清純な若僧に描かれていることに癒《いや》される。

場面展開して、日高川にたどり着く清姫。私が見たかったこの一枚の絵。

そして道成寺に入って白龍《はくりゆう》になる清姫は安珍を追いつめる。つり鐘に爪《つめ》をかけ、赤い舌とあざやかな緑のトサカ。白龍の尾の先までブルーの線が波立つ。もっと毒々しいはずの恋の終焉《しゆうえん》なのに、仏画を見るような崇高さだった。

私は一気に見終えた。終わりは八重桜の満開。咲きあふれて散り敷いていた。すずやかなサクラ色をしている。ふと能の道成寺の一節「春の夕暮来てみれば入相の鐘に花ぞ散りける　花ぞ散りける――」が、聞こえてくるようだった。

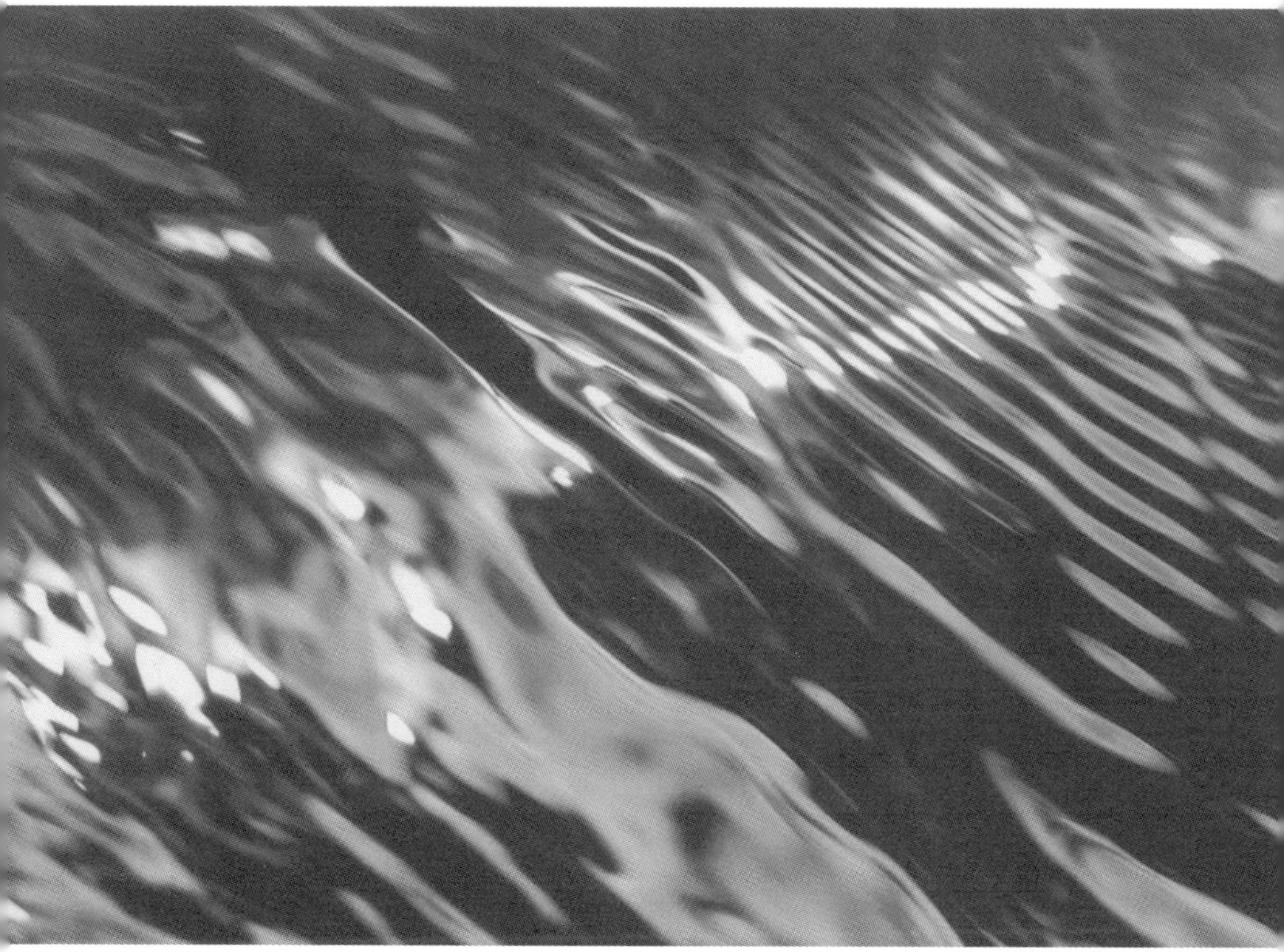

隧道　黒潮の光と影　あわただしく過ぎ

友人から隧道《ずいどう》を書いてみては——と持ちかけられた。「トンネルですね」と言うと、「いや隧道だ」と妙に漢語的な表現にこだわっている。

私は、「国境の長いトンネルを抜けると雪国であった」を思い出した。川端康成の『雪国』の冒頭にある一章だ。「夜の底が白くなった」と続く。引き込まれるように読みふけった。その後、小説の舞台になった越後湯沢へ母と旅をした。宿は「高半」。康成が雪国を書くために長く逗留《とうりゅう》したところで、執筆した部屋も見せてもらった。一九五三年（昭和二十八年）十一月。私は二十二歳で、「信濃では雪、越後では紅葉」とアルバムに書き記している。

国境の長いトンネルを抜けることも旅の目的だった。汽車はトンネルにさしかかるとき、悲壮さを感じさせるような汽笛を鳴らした。長い。煙にむせる。私は息をこらしてトンネルが抜けるまで見つづけた。越後は雪ではなかった。闇《やみ》に馴《な》れた目に映る出口の緑は特別の輝きを持っているように見えた。小説の上で「国境を越えるトンネル」を理解していたが、これが小学校で習ったその当時、日本一長い清水トンネルだとは知らなかった。

「こんな話でまとめればいいのですね」と私は内容を手短に話をした。「そうじゃない。紀勢線、今

51　隧道

は『きのくに線』というが、この沿線でどれだけ隧道があるかで、紀伊半島の地形を読むというのはどうだろう」。隧道で紀伊半島を考える。これは面白い視点だ。紀の川平野をゆく和歌山線は穀倉地帯をのんびり走る。トンネルはない。きのくに線は海のきわを走る。黒潮の光と影、車窓に移る南国的風景。昔は煙をはく汽車だった。和歌山の駅を出てほっとする間もなくトンネルに入る。煙が車内に入らないよう窓をしめた。パタンパタンと窓を閉める音が忙しい。トンネルはすぐ出る。日方というところだ。ここは和傘の産地で、傘を並べて乾かしている風景が珍しく、旅情をそそった。ほっと一息、町並みをぼんやり見ているとまたトンネル。そして海。静かなどよめきが車中に流れたように思う。この沿線で、はじめて海に出合ったのだが、またトンネル。海——。窓の開閉と明暗があわただしく過ぎてゆく。

一九二四年（大正十三年）、紀勢鉄道として、東和歌山（現、和歌山）駅から箕島まで開通した。当時の新聞に「意地悪なトンネルで絶景も見え隠れ」。絶景とは和歌浦湾のこと。こんな「初乗記」が掲載されたと、三尾功著『城下町和歌山百話』に書かれている。「海南、日方から加茂郷間にトンネルが九つもあるのだから、和歌浦湾の海の絶景が佳境に入ったところで、フィルムが切れて真っ黒になる意地悪トンネルだ」と——。

五万分の一の地図を見た。鉄道は海と山のぎりぎりのところを走っている。冷水浦から加茂郷まで、海岸線は諏訪崎、飯盛山、コウゾウの鼻などイボのように突起している。この地形がトンネルの多い原因になっている。きのくに線に隧道はいくつあるか。海岸沿いの難工事や鉄道にかけた人びとの夢も追うことにする。

鉄道史　熱い期待の裏に政治家らの思惑

東海道線が神戸まで全通したのが一八八九年（明治二十三年）。この年、「紀伊半島に鉄道を――」という熱い要望があがった。

前年には和歌山県の地図が変わるほどの風水害に見舞われた。特に紀南地方は道路が寸断され、陸の孤島となり、救援活動が思うように運ばず、米価が暴騰《ぼうとう》するという騒ぎになった。

それから紀勢鉄道の建設が議会で可決されるまで、三十年もかかっている。多くの郷土の先覚者たちが献身的に鉄道敷設運動を続け、やっと一九一七年（大正七年）に衆議院を通過、貴族院でも可決された。一九二四年（同十三年）に紀勢鉄道は和歌山―箕島間、翌年には宮原駅に、さらに次の年は藤並まで。

資料で読むかぎりでは、順調に鉄道敷設が行われたように見える。この頃、鉄道への熱い期待は日本全国津々浦々にひろがっていた。「鉄道をわが町に」と、網の目のように国鉄、私鉄がはりめぐらされた。

汽車、電車は多少の風雨でも動く。何より便利だ。遠くへ行ける。鉄道という素晴らしい文明に陶酔した。

走る汽車に、大人も子どもも手をふる。昔はよく見かけた。汽車が走った日の感動の続きなのだろう。山間を一すじの光となって駆け抜ける夜汽車は山村の新しい風景となった。汽笛、汽車の通過する音が山にこだまする。雑音というよりも不思議さを感じさせた。駅弁という郷土料理にも出合えた。また、鉄道には実力者や政治家の思惑が絡んだ。どこをどう走らせるか。出来るだけ真っすぐな鉄道であることが望ましいが、意味もなくまわり道をしたりしている。誰のどんな力が働いたのだろう。農村では自分の田んぼに汽車が横切ることを好まなかった。大地主は、汽車みちがつくことで思わぬ大金がころがり込む。それだけにどこを走るかが問題になる。

例えば、名草山の東麓ルートか、西麓をゆくか。紀三井寺駅をどの位置にするか。その頃、日高地方の有力な政治家は自分の出身地「稲原」へ路線を引き込んだ。海沿いを走っていた汽車はぐるりと陸地をまわり込む。政治路線と言われている。

五条―和歌山間の紀和鉄道（和歌山線）は、一九〇〇年（明治三十三年）に開通。ここにもエピソードがある。和歌山市川永出身の堀内圭一さん（一九二〇年生まれ）から聞いた。紀の川北岸の山崎、山口、直川、紀伊、川永村など六ケ井川の水利権を運営する組合があった。紀和鉄道が敷設されると聞きつけて誰が言うとなく、この村で反対運動が起こった。「あんな化けもんみたいな真っ黒けな鉄のかたまりが火を吹いて走ると、牛ゃあばれて農作業ができやん」と――。

紀の川の南岸でも反対の声があがった。南岸か北岸かの陳情合戦となる。圭一氏の祖父栄三郎さんは当時、川永村の助役で反対の陳情に加わった。鉄道は南岸を走ることに決まった。「勝った、勝ったと祝杯あげて、気がついたら東の空が白んでいたそうです」

きのくに線

賛否の中、生みの親「熊野《ゆや》」のねばり

うすもも色のさざ波が打ち寄せる夜明けの熊野灘。真っ赤に燃える夕陽《ゆうひ》の枯木灘、紀伊水道。この朝な夕な――。ふと列車が海にすべり込むのではないかと思うほどの渚《なぎさ》を走る。入り江、漁村、船。水平線がまるく見える。串本の橋杭岩。島々、岬、岩礁、砂浜。山の木、村の木、海の色、陽のきらめきもすべて「きのくに線」の車窓に見える。

日本一大きな紀伊半島は地形的に光が風景を演出しているのだ、と私は思っている。いくつかの鉄橋を渡る。ゆったりとした河口。滝や古寺、神社、豊かに湧《わ》く温泉、紀の松島といわれる風光明媚。那智、紀伊湯川は今は無人駅になっているが、しゃれた建物、プラットホームが海に沿う。南紀の観光地として「汽車」に期待したその時代の勢いが駅のかたちに残されている。

ここで私は「山口熊野《ゆや》」（一八六四―一九五〇）について書く。紀勢鉄道開通の史料を見ていると、たびたびこの人の名前に出会う。那智駅に頌徳碑《しょうとく》のあることを思い出した。碑文は郷土史家・田原慶吉さん（一八六七―一九四三）が書いている。田原氏の孫に当たる勝浦在住の長谷川明子さんが地元紙に山口熊野の特集を書いたのがあるというので、資料として送ってもらった。

熊野は医師の子として生まれるが、医業を継がず、自由民権運動に参加。政府批判をして禁固一年

57　きのくに線

六カ月、罰金百円。出獄後渡米、邦字新聞を発刊、政府の藩閥政治（同じ藩の出身者が政府の要職を独占）を攻撃。官吏侮辱罪などで帰国後すぐ逮捕されるという過激な青年期を過ごしている。二十八歳で県議会議員、三十四歳で衆議院議員に。熱血漢代議士の課題は「紀伊半島に鉄道を――」だった。

政界はこの鉄道敷設については賛否両論。和歌山市出身代議士・岡崎邦輔（一八五三―一九三六）に、地元から再三陳情したのにかかわらず、「鉄道が出来たところで何を乗せて険路を走るのか、熊野猿でも乗せるつもりか」とあざ笑ったという。しかし、熊野のねばりと努力は成功した。全通は一九四〇年（昭和十五年）。あの限りなき美しさを走る紀勢鉄道（きのくに線）の生みの親なのだ。

庶民の生活でも鉄道が敷設されるについて、悲喜こもごも、明暗を残している。

私の父・西保仲吉（一八九七―一九七四）は、日高郡由良村畑小字西保という長閑《のどか》な村で生まれた。一九二八年（昭和三年）に湯浅―由良間が開通して、山すその父の生家の真ん中を汽車が通ることになる。立ち退きだ。紀勢線に乗って父と旅をして湯浅から由良へのトンネルを越えるとしばらくして、「ここや、ここや」と黒竹藪《やぶ》の大きなヤマモモ三本を目じるしに、私にその場所を教えた。江戸時代から酒造りをしていた井戸がふたつ残っている。

最近気がついたのだが、トンネルを抜けると由良駅に真っすぐ向かうのではなく、山側の一部を削ってまで汽車道が山すそを大きくカーブしてまわり込んでいる。なぜ――。急こう配だから仕方がなかったのではという話を聞いたが、少々不自然だ。そんないきさつを書いた資料に出合えなかった。

父の家は没落していた。祖母は汽車の開通を見ることなく、一九二七年（昭和二年）春、六十六歳で他界した。

高野から龍神㈠

五十年大切にしてきた有田川の感触

高野から龍神への三泊四日の旅に参加したのは一九四七年（昭和二十二年）。戦争が敗戦というかたちで終わって二年目の夏。今から考えると、戦後の混乱期だったのに、学校行事では串本の潮岬へ。自由参加で高野、龍神の旅の呼びかけが廊下の掲示板に張り出されていた。

終戦の解放感から旅に心が向いたのか。旅に戦時の癒《いや》しを求めたのか――。人間は逞《たくま》しく回復するのだと思う。わたしは十六歳で世情を考えるほど成長していなかった。高野山へは両親とたびたび行ったというなつかしさで参加することにした。

その日の早朝、朝焼けのすがすがしい空を仰いだ。一番の汽車は午前六時に発車する。先生は六人、生徒の参加は意外に少なく六人。高野山大門でお弁当を食べ、正午の鐘を聞いて出発。五十年前の記憶はアルバムの写真を見ているように断片的だ。

山の旅に参加された金尾全朗先生ご夫妻は、私の家のすぐ近くに住んでおられる。「あの時お米持って行ったわよね」と言われて、私は思い出した。さらしの小袋に米を入れて持参した。戦後しばらくこれが続いた。それから考えると、平成の日本の豊かなこと。

「風景に変化がなかったね。しかしあの長い道、よく歩いたね」。祐子夫人は国語の先生で、学生時代に北アルプスの燕岳から槍ケ岳へ縦走しておられる。その壮大さに比べると、高野から龍神は生活みちなのだ。

スカイラインがついて景色は山脈を見下す大きな景色になり、和歌山市から日帰りできるようになった。私たちが歩いたのは高野街道、龍神温泉みちだったのか。地道（舗装されていない道）は、夏の日ざしの照り返しもやわらかく、風が吹くと砂ぼこりが舞い上がる。雲が急に走ってきて散水車のように雨を降らせてゆく山岳特有の気象にも出合った。

だんだん道が暮れてきた。少々歩き疲れた。「もう着くぞ――」。遠くで先生の声がした。それからすぐ鉢の底へすべり込んで行くような急な坂道になる。小さな川が大きな音をたてて流れ下っている。「有田川だよ」と聞いた。なぜか私はびっくりしていた。

坂を降りたところは新子《あたらし》という在所だった。駐在所や郵便局があったように思う。闇《やみ》に馴《な》れた目に村の灯《あか》りは優しかった。時代劇で見るような旅籠《はたご》があり、そこで一泊。

夕食までのほんの少しの時間、私はひとりで宿の外に出た。ここは山に囲まれた谷底の村だった。甘い匂《にお》いがした。川が匂うのか。山の木々の匂いなのか――。山の峰にわずかに夕光が残っていた。

旅の一日目、十六歳の私は感動していた。小走りで宿のそばの川へ行った。しゃがみ込んで川に両手をさしのべた。有田川に触れたのだ。私の手に夏の冷たい山水が流れてゆく。悠久の時を過ごしたようだった。その感触と感激を五十年大切にしてきた。思い出すだけでも癒される。旅はこんなことを探しに行くのだろう。

その村、新子の小さな在所は一九五三年（昭和二十八年）の水害で消えた。

高野から龍神(二)　「山荒れてる」水害前に原点の旅

「護摩壇山を越えて龍神まで歩かれたのですか。それは大変でしたでしょう」

五十年たつと、その大変さも楽しさに変わっている。

高野山から花園村新子《あたらし》まで、十六歳の少女の足で七時間ほどかかった。翌朝は夜明けに出発して、龍神温泉に着いたのは夜になっていた。長い道だった。当時の写真を見ると、シャツブラウスにスカートという軽装で、二日目はワラ草履をはいている。

谷にかかる丸太の橋がいくつかあった。息をこらして少しずつ横に歩く。橋のない川もあった。梅雨明けの大雨で流されたらしい。ここは川の中を歩いた。かなりの急流で大きな石がごろごろしていた。滑らないようゆっくり渡る。

「山が荒れてるな」。先生方が話しておられた。山がどう荒れているのか、見回しても、私にはわからなかった。ときどき休憩しながら護摩壇山の頂上まで、歩き疲れたのかみんな黙っていた。

頂上の展望はどうであったか、景色は——。二日目はほとんど覚えていない。ひたすら目的地龍神温泉の「下御殿」まで歩くのだ。途中で日が暮れた。山の中にときどき民家らしい灯が見える。人が住んでいるのが不思議に思えた。灯を見ると夜みちの不安がやわらいだ。

龍神温泉で二泊。旅館は川ぞいにあるので一日中、川の音がしていた。ここは日高川の上流だと聞いた。一九四七年（昭和二十二年）。戦争が終わって二年目の夏、その翳《かげ》りはどこにもないように私には見えた。しかし、この村に米軍爆撃機Ｂ29が墜落したのだという。「もう山が裂けたかと思いました」と。それと戦地からの復員を待つ家族、長閑《のどか》な山里にも戦争の恐怖と悲しみがあることを知った。

旅の四日目、バスで南部まで出た。下りの急カーブが多く、少し気分が悪くなった。駅から海が見えた。

その六年後、一九五三年（昭和二十八年）七月十八日、高野山、大台ケ原などの山岳地帯で五〇〇ミリを越える豪雨が降り、川があふれ、堤防は決壊。花園村では山津波がおこった。「ありゃ雨じゃない。滝じゃった」「一寸（約三センチ）先が見えんかった。生まれて初めてや」。三十年後、花園村の取材で古老に聞いた。この村で死者、行方不明者一一一人。家屋の流出一二九戸などの被害が出た。

私が歩いた頃、山が崩れる予兆があったのだろう。「山が荒れている」という話が現実となり、紀伊山地は大荒れに荒れ、有田川、紀ノ川、日高川の流域を押し流した。戦後の町の復旧に材木がいった。山の木の乱伐が原因だ。水害は人災だと言われていた。

高野山から花園村、そして龍神へ。十六歳の感性でとらえた山の道は、あれから五十年、私の人生に大きく影響した。歩いたという自信、知っている親しみ、水害は身近なニュースとして心が痛んだ。

私の「旅」についての思いも、「みちの記」の原点も、ここにあるのではないか。

東山さんとクマ　絶滅の危機　豊かな山を戻そう

洋裁を教えているSさんは無類の山好きで、日本アルプスはすべて、北海道の大雪山にも行っている。これからは秘境の沢や、百名山にも登りたいと、彼女は仕事よりも山が生きがいであるようだ。「きのう護摩壇山へ行ってきました」と訪ねてきた。夏のこと、涼を求めての山登りだと思っていたら、クリの木の消毒と下草刈りだという。「なぜクリの木なの」。思いがけない話だったので、驚いて問い返した。「クマやリスのためにシバグリやクルミを山に植えている人がいましてね」「ほう」。聞く方も少々興奮してきている。「クリって、三年たつと実がなるのですね」と感心していた。

政財界の動揺、経済の低迷、交通事故や殺人などの暗いニュースが多い中で、ほのぼのとしたいい話だった。童画をみているような青い山の風景を思い描いた。

聞いて数日後、Sさんの車で下津町に住んでおられる東山省三さん（大正十年生まれ）を訪ねた。この人は紀伊山地野生鳥獣保護友の会の代表。山の生きものを通して、世間に訴えることをいっぱい持っておられる。少し足が不自由になられているが、今なお現地に出向いて行動し、指導もされる。そして野生動物保護のための生態調査や生息環境の整備を積極的に進めておられる。

東山さんは、射殺された母グマの下にいて助かったクマの赤ちゃんを「太郎」と名付けて育てた人でもある。野生のクマについて話を聞いた。

クマは人間を襲い、害を与える動物だと考えられている。だから殺してもいいのだと人間の勝手な判断で、一九六〇年〜六五年頃は一頭につき一〇万円も出た。これはむずかしい言葉でいうと、有害動物の駆除、実害がなくても申請すれば予殺駆除をすることができる。「クマはね、人間が驚かせたりしなければ襲って来ないんです」

そう言えば「山でクマに出会ったら死んだふりをする」と子どもの頃に聞いたことがある。言い伝えだ。

「山の自然が豊かであった頃は『山中定住型』といって、のんびりとクマたちは山の奥で暮らしていたのです。開発が進んで『移動型』になって餌《えさ》を求めてさまよい始める。今は『集落依存型』なのでしょうね」。民家の残飯をあさりに集落に出没するのは、「腹ペコ」グマの生きるための行動なのだ。

高野龍神スカイライン沿いのゴミ箱の弁当を食べに来た。農作物を荒らす。人間に危害を加えるのでは――で、射殺されることもある。紀伊山地に棲《す》むクマは絶滅の危機にあるツキノワグマ。「古事記」には熊野で神の化神になったクマの話がある。

「クマが出ると生け捕りにして山に帰す。この繰り返しは無駄なことです。それよりクマたちに豊かな山を戻してやることではないのでしょうか」

今、東山さんに賛同する日本各地の人から、クリなどの木の実が送られてくる。それを山奥の谷間に播《ま》くこと。山の生きものが長閑《のどか》に暮らすために――。東山さんの忙しさが続く。

伝承　自然への崇高な信仰と哲学と

紀伊山地野生鳥獣保護友の会代表の東山省三さん（大正十年生まれ）が、保護する心に目覚めたのは少年の頃だった。夕方、井戸から水をくんで表にまく。「いきなりまくな。キツネが山から下りてきているかも知れない。頭から水がかかるようではいかん。シーッ、シーッと追ってから水を打て」と親から言われた。「カキを、木の先に五つか六つ、鳥のために残しておけ。鳥は木の虫をとってくれている」「柳が芽をふくと入り口の障子戸の紙を切れ。ツバメが帰ってくる」「動物や鳥の来ん家は栄えん」など。

恩返しをするツルやタヌキ、キツネの話。カラスの知恵。人間と鳥やけもののつき合い。民話の採集をしていた時にたくさん聞いた。面白さもある。教訓もある。今から考えると、これは子どもの躾《しつけ》のために語られていたようだ。

似た話だが、「農施行《のうせぎょう》」という行事があった。年中行事として記録されている。和歌山では「大寒」の日に行われたらしい。「ノーセンギョ、ノーセンギョ」と、大きな声で唱えながら、野ネズミやキツネの出そうなところに小豆飯や油揚げなどを置いてまわる。いつもは野荒らしをして困った動物たちだが、「寒」に入ると野や畑に食べるものがなくなる。お前たちも寒かろ、ひもじかろという

69　伝承

施しだ。これは戦中戦後の食糧難の時代になくなった。日本の国は豊かさを取り戻してもその心を忘れている。

近露へ「味」の取材で行ったとき、「月の家」の尾崎俊恵さん（大正十二年生まれ）が「いとこね」を作ってくれた。「もうこんなん作る人ないノヤ」。熊野の方言まじりの言葉で聞く。

里芋と小豆を煮てだんごを作る。里芋と小豆は同じ畑の作物でも種類が違う。人間で言えばいとこの関係だというから、この名前がある。「おいしいか、味はなっとうな（どうですか）というけど、旧の十二月二十三日の三体月さんに供えるもんやから、神さんのもんやからノヤ」

この日を畑法事という。畑を耕しているとき、知らずにクワやトンガでミミズやモグラを殺してしまっている。その法事をするのだと。これが二十三夜のお月さんの日。「いとこね」を供える。ミミズやモグラの法事をする――。こんな優しさを尾崎さんは伝えている。

子どもの頃、私の生活の中に神さんがたくさんおられた。おてんとさん（太陽）、お月さん。大みそかになると母はシダの上に子餅《もち》を重ね、井戸神さん、かまどの神さん、火の神さん、金庫にもソロバンにも。また便所の神さんまでおられた。今年一年ありがとう。来年もよろしく。これが一年のけじめだった。

正月のしめなわにも意味がある。一般のものは七本五本三本とワラが下がる。七・五・三。井戸は二・五・三。便所は四・五・三。井戸はニゴサン。便所はヨゴサン。なるほど――。

私は身のまわりの「昔」を考えてみた。日本人にはバックボーンとなる宗教がないと最近よく聞くが、自然に対する崇高な信仰があるではないか。そして生活のまわりには伝承という哲学があった。

あの世　世紀末のこの世もおそろしい

私が大阪に住んでいた子どもの頃、近所の生後間もない赤ちゃんが死んだ。その家の物干し台は私の家から見える。昼は気が付かなかったが、夜小さな白い布のようなものがハタハタと風にゆれていた。毎日干されたままになっている。

「あれはな、赤ちゃんのジバンや。あの世へ行くのに熱い道を行かなあかん。熱いから何度も水をかけているのや」と聞いた。死んでゆくところをあの世というのだと。夜風にゆれる白いものが不気味に見えた。「夜干しはするな。死んだときやから」と。それからしばらく物干し台にはよう上がらなかった。

お寺に行って宝物を拝観するのが母の趣味だった。子どもはいやいやつき合いをさせられる。地獄絵があった。針の山や地獄の釜《かま》で人間が苦しげにあえいでいる。残酷な絵だ。エンマ大王がいる。「ウソついたらエンマさんに舌抜かれる」。ウソをつくことは良くないが、この話も大ウソではないか。「エンマさんに言いつける」。子どもはこれが恐かった。三途の川がある。死んで七日目にこの川を渡る。地獄、極楽が生きていた時代。私はこんな話を聞きながら育った。

興味はいつまでも続いた。学生の頃、折口信夫の『民族史観における他界観念』とか『死者の書』

を読んだが、理解するのはそれから二十年近くたってからだった。

ある日、山寺で地獄絵に出合った。三途の川、六道の辻《つじ》のそばに恐ろしい形相をした老婆が立てひざをして座っている。柳の木が一本描かれている。賽《さい》の河原で石を積む子ども、オニがいる。地蔵尊が子どもを守っている。

この老婆を奪衣婆《だつえ》といい、死者の衣服をはぎ、そばの柳、これを衣柳樹《えりゅう》というらしいが、この枝に死者の衣をかけ、罪の軽重を計り、エンマさんに報告する女であるらしい。そうすると人間の罪の軽重を決めるのは、まず奪衣婆の判断ということになる。「エンマさんに言いつける——」。エンマ大王は奪衣婆の言うままになったのだろうか。

現世にもある。告げ口、言いつける。男にも女にもいる。地獄絵のなりゆきだから、めくじらたてて論ずるつもりはないが、奪衣婆の主観で報告されて、そのまま地獄に落とされた人もいるだろう。地獄に行きたくなかったら、立山の芦峅寺《あしくら》の経帷子《きょうかたびら》を死者に着せるといいと、江戸時代、芦峅寺衆徒がこの経帷子を売り歩き、大金を得たという。人間の弱みにつけ込む商売だったのか。

近くの店屋の兄さんがフグの毒にあたって生死をさまよい、あの世の入り口まで行ったという話を聞いた。「『はよ、お寺へ連絡しといちゃれ、ごっと（ごちそう）炊いといてやらんと、ええとこへ行けやん』。婆《ばあ》さんふたり泣きもて話をしていた。ロウソクの火のようなもんやろか、赤い炎がゆらゆらしていて、鉦《かね》の音も聞こえたような気がする」

この兄さん、一文銭を六枚くれた。これは三途の川の渡し賃。「値上がりしてないの」「そうらしよ」。「あの世」も大変だが、平成九年、世紀末といわれる「この世」もおそろしい。

73　あの世

日のおとも

日裏に「七色の太陽の花」

ランの好きな女性がいて、街の住まいのわずかな空間いっぱいに花を咲かせている。「一日に何度も鉢を移動させているのよ」。「日」を当てるために、鉢を持ってまわっているのだ。「日当たり」は花の咲く大切な条件になっている。

「日輪」「お日さん」「おてんとさん」。仏教では「大日如来」。中国には太陽とカラスに関する伝説がある。太陽神のさまざまな説話、ご来迎《らいこう》を仰ぐ感激。高い山頂から、また海で迎える初日の出。元旦《がんたん》が特に好まれる。

毎朝、日の出を拝む人もいる。中辺路の「とがの木茶屋」の玉置こまゑさん（大正十四年生まれ）は、お日天《にってん》さんを祀《まつ》っている。家の前の崖《がけ》のそばに、サカキをさした竹筒があり、「祖母や親たちが毎朝お日天さんを拝んでいた。生命あるものはみんな太陽によって生かされているから」。こまゑさんは疑うことなく続けてきた。「もう私の代で終わりやろと思うよ」

串本で太陽神の祭祀《さいし》あとではないかというのを見に行ったことがある。森の中の巨岩が謎《なぞ》に包まれている。いつ、誰《だれ》が、何のために並べたものだろう。歴史的な裏付けがないということだが、紀伊半島で海から昇る朝日と、海に沈む夕日を見ることができるのは本州最南端の潮岬だけ。この位置には

75　日のおとも

潮御崎神社があり、古代の遺跡があっても不思議はない。

お天気が良いか、雨か曇りか、私たちは単純に天気を見ているが、照るか曇るかで農作物の出来不出来、味まで変わる。ランの花付き、花の色まで「生命あるものすべて」日の恵みを受けている。

民話の採集で歩いていたとき、「日のおとも」という話を古老から聞いた。一日中お日さまのお伴《とも》をして歩くという素朴な行事だ。早朝近くの人たちを誘いあって、日の出を山すそまでお迎えに行く。空が白んできて日が出たらみんなでご詠歌をあげ、お日さんといっしょに歩きはじめる。太陽が頭上にくる正午、またご詠歌を唱える。そして原野でお弁当を食べ、午後は海に向かって西へ西へ。春と秋の彼岸の中日。長閑《のどか》な昔があったのだ。

「海まで行きましてのし、沈む夕日にむかってご詠歌をあげるんよし」。夕日をしっかりみつめて沈みきるまで拝む。「目を閉じましたらのし、なんと頭の上から、赤や紫、黄いろの花がいっぱい降ってくるのよ。そりゃきれいなもんやったわ」

暗い目裏《まなうら》に七色の太陽の花がくるくるまわり始める。「目に悪いのやないか」という人がいるが、ひたすらな太陽信仰だったのだ。「花をもらう」「花を見る」。原理は理解できる。これは至上のよろこびだったのだろう。

ランを咲かせるために鉢を持ちまわることに、どこか似ている。「日待ち」という行事もある。神話伝説辞典に「日の伴」を見つけたが説明はなかった。「天道花」もある。

自然への感謝だろう。三十数年前の取材ノートに記しておいた短い言葉。私はこれに「花」を感じている。

日本の道・紀州路

輝き続ける二十年前のあの日

平成十年の宮中歌会始のお題は「道」だ。どんな「歌」が詠まれるか。どんな「道」が歌われるか――。少女がひとり入選した。私も十五、六歳の頃、歌人になりたいと思っていた。その志は失ったが、『紀のみちすがら』『紀の散歩みち』など、みちみちの話を書き、今はひたすら「みちの記」。道はすべてだと思いはじめている。

私には忘れられないいくつかの道がある。ダークダックスが歌った「日本の道・紀州路」もそのひとつだ。一九七九年、ダークダックスの後援会である「関西あひる会」の会長をしておられた橋本忠徳さん、勝子夫人もお元気で、ある日、「ダークがね、『日本の道』のシリーズで始めたらしい『長崎街道』『大和路』が発表されている。三作目は紀州路をやってもらいましょうよ」ということになった。作詞は辻井喬（堤清二）、作曲は團伊玖磨。私はこの完成と発表に胸をときめかせていたが、二十年前、まだ熊野路は人の関心の外にあった。

三月半ば、詩人とダークダックスの四人が東京から取材にくるという。橋本夫妻をふくめて一行は十数人になった。すでに「熊野だより」を書いていた私が案内役を引き受けることになる。自分の足で歩いて集めた情報に加えて、新たに五来重著『熊野詣《もうで》』、郷土史家たちが書き残してくれた本、

「くまの文庫」も参考にした。

その頃、熊野はあまり車の往来がなかった。細い山道、杉木立の中を、いくまがりして本宮に着く。どこもここも山桜の花ざかりだった。峯《みね》をうすもも色の風が流れてゆくように見えた。「今年はサクラが早いようで」と聞いた。

白浜空港から中辺路へ。最初は「清姫」の墓へ行く。真砂という在所で、安珍を追って道成寺まで走った清姫が生まれ育ったところだ。「富田川の見えるこの山の中腹に清姫の住まいがありました」「この川の渕で泳いだそうです」「地元ではね、純情な乙女だったと伝えられているんです。安珍にだまされて最後は入水したのです」

少々恨みがましく言ったのだろうか、東京からの一行は伝説と事実が入りまじる話に戸惑っている風で、おそるおそる板碑のある崖《がけ》の下の川渕をのぞき込んでいた。気味悪いほど澄んだ春の水だった。

ダークダックスに会いに来た村の女性たちと記念写真を撮る。滝尻王子。大イチョウの樹。十九歳で皇位を追われた花山法皇のお姿を刻んだといわれる牛馬童子。近露の長閑《のどか》さ、とがの木茶屋の素朴なたたずまい。川湯の川原で「冨士屋」の山菜料理。本宮の夕暮れ、湯の峰の「あづまや」で一泊。あわただしかったが、充実した一日を過ごした。

合唱組曲「紀州路」は、「紀州路のための序の唄」「新宮の海」「清姫」「紀州路のための中の唄」「中辺路」「高野路のお歯黒トンボ」「那智の鈴虫」「紀州路のための終わりの唄」で歌われた。「泣きよすな、泣きよすな」と語りかけるような「清姫」の詩は優しかった。二十年たつが、この道は私に輝いている。

79　日本の道・紀州路

続・日本の道　善意と熱意と　そして「感動」と

一二〇〇年（正治二年）十二月、後鳥羽院は切目王子で和歌の会をされた。一二〇一年（建仁元年）の熊野御幸に歌人・藤原定家を伴い、京都から本宮、新宮、那智までの一五日間、十カ所で歌会を開いている。歌の「行」であったらしい。そして十一月、院は定家ら六人に新古今和歌集の選を仰せつけている。熊野への随行者らによって『新古今和歌集』が成ったのだから、熊野はすぐれた「うた」の道ではないか。

一九七九年春、日本の道の取材に来た詩人やダークダックス一行は、湯の峯《みね》の「あづまや」に泊まった。熊野詣《もうで》とかかわりのある由緒ある宿だ。夕食の席で辻井喬さんは「久しぶりに歌を作りました」と一首見せてくれた。この詩人の母親は筆名を大伴道子さんといい、前川佐美雄門下、日本歌人の同人だった。若い頃、私もこの会にいた。縁というものだろう。早速、私は返歌をした。熊野の雰囲気や後鳥羽院の話で、歌ごころが刺激されたのだろう。

翌日、熊野川沿いの道を新宮へ。山々がふくらんで見えるのは、木々が春の芽ぶきをはじめたからだ。「熊野川は川の流れのまま、下りで見る風景が好きなのです」。向かい側は三重県。説明しながら山桜を気にしている。咲いているサクラに「サクラ」「サクラ」と、声をかけながら行くので道中は

81　続・日本の道

花色に染まってゆく。

詩人は新宮の佐藤春夫に興味があるらしい。覚えている詩を引用しながら町の案内をした。丹鶴城跡から見た海が「新宮の海」という詩になる。「どこかで海が鳴っている。海は遠くで鳴っている——」

那智では補陀洛《ふだらく》山寺の裏山へ渡海上人の墓を見に登った。坂みちを登りつめたところで、満開のサクラに出合った。私たちの気配で風がおこったのか、花が散りかかって来た。

那智の滝から太地へ。太地で小雨が降り出した。海沿いのウバメガシの林の中を傘をささずに歩いて燈明崎に出た。

散る花は　風に恋して　流される
旅の日の　夢の出会いに　なぞらえて
淋《さび》しさは　根来僧徒の子守唄

辻井喬さんの心に映る紀州路は、こんな柔らかな春を思わせる「序の唄」ではじまった。「たとえ音楽が多少難しくなっても、本物を作ろう」と意気込む作曲家團伊玖磨さん。「日本の道」はその秋、三十年近く磨き上げたダークダックスの歌声によって披露された。

県民文化会館に観客があふれ、コンサートは大成功で終了した。ふるさと「紀州路」を歌声で聞くことに、誰もが新鮮さを感じたのだろう。私は歌よりも会場の雰囲気の中で人の「感動」を聞いていた。人生には試練のときがある。心の痛みが癒《いや》される思いだった。何度か涙があふれ出た。

この歌は、故人になられた関西あひる会会長・橋本忠徳さん、勝子夫人、またあひる会など自費で出来上がったものなのだ。みんなの善意と熱意がひとつの文化を創《つく》り上げた。

女人禁制

頼るな　信じるな　頑張って生きよ

大峯山が女人禁制を解くという。

私は戦後の女性の闊達《かったつ》な活躍ぶりを見てきたので、特別な感情がわいてこなかった。

新宮のお灯まつりは、祭りの日だけ女性の入山を禁じている。タイマツをかざして崖《がけ》を駈《か》け下る勇壮さとか、荒々しさに女が加わることが危険だという配慮なのだと思っていたが、意味は別にあるらしい。もし女が禁を犯すことがあると、町に不時が起こると恐れられてきた。

一八七二年（明治五年）、京都で万国博覧会が開かれた。外国からもたくさんの人が来るだろうと予想され、明治の「文明開化」と「女人禁制」ではいかにも、と考えた日本政府は全国一斉に女人禁制を解くよう通達した。

高野山千年の禁が破られたのはこの時。しかし、高野は抵抗し続けた。一八七九年になっても「女は僧風を乱す」として、寺で宿泊させることを拒む。その後、山内で女性の住みつきが目立ちはじめると「女狩り」までした。「女人は万性の本、氏をひろめ門を継ぐものなり」と、弘法大師の御遺告《ごゆいごう》にある。子孫繁栄は女人あってこそということだ。しかし、「仏弟子の修行の妨げになる」。女がいても妨げにならないのが修行だと思うが――。

高野七口は高野山内に入る入り口のこと。七カ所あり、それぞれに女人堂があった。今は不動坂にだけひとつ残っている。女はここまで、女は穢《けが》れているから山内に入るな。猫も牛も入れるな。高野にご縁が深かった近衛天皇の母、美福門院のお骨を納めるについても「お骨になっても女人は女人」と拒んだという。

どの法皇の高野御幸であったか、その盛儀を見ようと、たくさんの女性が男装して大門の女人堂まで来たという。にわかに雷雨があり、驚いて悲鳴をあげたので見破られて追い払われた。山内に入れなかった女たちは寺院をとりまく峰づたいを歩きながら、奥の院を遥拝《ようはい》した。この道だけが許されていた。だが、奥の院の弘法大師の御廟《ごびょう》まで行けたという話もある。

大変な時代があったのだ。何の疑いも抱かず、女性たちは過ごしてきたのだろうか。日本にはまだ女性蔑視《べっし》の風潮が残っている。

物語としての女人みちは、どこか痛々しく、哀れっぽい。私は暗い杣《そま》みちを想像していたが、どこにでもある山の道だった。女人禁制の女の思いは何だったのだろう。

同行者たちにおくれてひとりで歩いた。山の秋風、木の葉がからまりながら散る風情、見えかくれする寺院、小さな旅を楽しんでいるから、私をとりまく風景は明るかった。ひとところ急坂があった。何度かすべりそうになる。腰をかがめてみたり、横に歩いたりする。すがる木も草もない。その坂の前方に柵《さく》が見えた。ほっとしてそこまで一気に駈け下りたが、何ともたよりにならない柵だった。

女人みちで私が感じたこと。たよるな、信じるな、頑張って生きよ――。昔から女はこうして生きて来た。これからも。

85　女人禁制

高野と熊野　女人禁制も歓迎も紀州の歴史

高野山が女人禁制であったがゆえに生まれた物語がある。石童丸の話だ。

まだ見ぬ父が高野にいるとの風のたよりに、はるばる筑前（福岡県）から母子で訪ねてくる。高野山は女人禁制。ふもとに母を残し、石童丸がひとり行くことになる。山内の無明の橋で父と出会うが、父は名乗らず、宿に戻ると、母は旅の疲れと持病がもとで死んでいたという筋書き。石童丸、十四歳。子どもの頃は、泣きながら聞いた話だった。

五十歳近くになって、取材というかたちで、苅萱堂《かるかや》の石童丸物語の絵解きを聞く機会を得た。抑揚をつけて語られる話は、涙なしでは聞けないように作り上げられてゆく。

「散る花にも世の無常を感じ――」。石童丸が捜し求めた父親、加藤左衛門繁氏の無常感は、妻桂子と石童丸の母千里姫との心の葛藤《かっとう》を垣間見たから、という。この煩わしさから逃げるための出家だったのではないか。自分は世俗を断ち、仏の道に入り、真実の法恩者になるために修行するのだと、言葉たくみに男の立場を守っている。現実からの逃避なのだ。女も無常を感じることがある。むなしさも悲しみもある。昔の女には「しんぼう」という躾《しつけ》がなされた。

幼子を抱え、ひとりで生きてゆく千里姫には同情が集まる。その千里姫を亡き者にしようとした妻

桂子は非情な女として語られている。出来上がった物語には弁解の余地がない。五百年も千年も、悪女の汚名を負い続ける。

これは石童丸だけでなく、女にとってもつらい物語だった。

高野の女人禁制に対して、熊野は女人を歓迎した。そこに平安期の才女和泉式部が伝承されている。京都から舟で下って熊野九十九王子をたどって来たかどうか、確かなことはわからないが、式部歌集に「熊野へもうでけるに　さはりにて奉幣かなはざりけるに」として「晴れやらぬ身の浮雲の棚ひきて月のさはりとなるぞ悲しき」。女の生理は不浄日として、神社の鳥居をくぐることがはばかられた。これは私の時代まで続いていた。

その夜、熊野権現から返歌があり、「本よりも塵《ちり》にまじはる神なれば月のさはりも何かくるしき」。なかなか熊野の神さんは粋なはからいをする。多情多感、恋多き女。ある説では、式部八十歳での熊野詣《もうで》というから興味がある。その日は桜の花の盛りで「さくら木の昔のはるをわすれざる板となりても花や咲くらん」

この心意気、さすが平安の才女。「花」は年齢に関係なく咲くときは咲く。

私はこの伝承が好きで、本宮の伏拝王子の近くにある和泉式部の供養塔へよく人を案内してゆく。はてしなくひろがる果無の山脈を背に、はるかに本宮の旧社地が見える。長旅で来て、ありがたさに伏し拝んだことが「伏拝《ふしおかみ》」という地名になったとか。

禁制にも女、歓迎にも女。いずれも紀州に語られてきた女たちの道がみえてくるようだ。

クエ　山の国と心の道がつなぐ縁

一月の終わり、岐阜県美濃加茂市の「クエを食べる会」に出席した。海のない国に海の幸を――。川合良樹市長の念願が、地元の有志の人たちの協力で実現した。私は「紀州の食文化」について短い講演をし、クエについての説明をした。

この会の数日前、串本沖で体長一・二メートル、重さ二八キロのクエが釣れたこと。「活」のクエであったことが会を盛り上げた。キロ当たり一万円の相場。「クエをかついで岐阜へ行って来ます」と言うと、「ほう」「それはすごいな」。聞いた人は、私がクエをかついで新幹線に乗る姿を想像するらしく、面白がる。

クエを見たことがないという旅館「一二三荘」の調理師さんは、大きさを聞いて仰天したのだろう。不安だったのか、何度も電話をしてきた。「出刃包丁だけではやれませんよ。マキを割るような台と、斧《よき》を用意して下さいね」

当日、見事に調理されたクエを見た。三、四時間かかったと聞いた。

「海の魚をもっと理解せないけませんな」。出席者のひとりがしみじみ話をしていた。「紀州の味を味わいながら、自分たちのふるさとの味は何かと問いなおすいい機会でした」とも。

この会が開かれたきっかけは、和歌山の観光の仕事をしている女性が美濃加茂市出身で、市長に「勝浦へでも――」と声をかけたところ、「由良町へ行きたい」。それもプライベートで、と言われたそうだ。目的は古刹《こさつ》興国寺だ。「由良なら」と、すぐ私のところに連絡がきた。父の出身地であり、興国寺は父祖代々のゆかりの寺。美濃加茂の正眼寺も同じく妙心寺派の古刹。短大が併設されている。このふたつの寺で夏期講座が開かれており、文化発信の地でもある。先年亡くなられた谷耕月老師は興国寺の住職を兼務しておられた関係で、私はおりおりに正眼寺を訪ねた。

紀州から美濃へ禅伝道の僧たちが行き来した道がある。「道がついていた」。これは国道や鉄道という物理的な道ではない。仏教では「ご縁」とか「因縁」といわれるものだ。見えない心のみちかもしれない。川合市長は、この見えざる「道」にひかれて由良へ来られた。数百年のかかわりを持つ紀州と美濃加茂。今、興国寺と正眼寺の住職をしておられる山川宗玄老師とも会われた。

寺を出てからしばらく山みちを走り、戸津井から白い石灰岩の岬、白崎へ。この海岸線の日の光。「海が光っているでしょう。冬の海なのですよ。キラキラしていてね」。私はこの日高地方の穏やかで明るい海が好きなのだ。案内役としても熱が入る。「美濃加茂の子どもたちに海を見せたい」。感受性の豊かな時代にふれさせたいというのは海のない国の思いだろう。

夜は比井の港で一泊。窓を開けると海、波の音がする。潮風が吹く。岬旅館でクエのフルコース。クエのヒレ酒、薄づくり、刺し身、何よりクエ鍋。鍋から上がる白い湯気が味を盛り上げる。

これがクエをかついで美濃加茂へ行く結果となった。初めて出会った人たちと旧友のような交流を持ったことができたのは、「道」のご縁があったからだろう。

91　クエ

中山道　人が歩き続けた歴史背負う

海のない国岐阜で、紀州の海の幸「クエ」を食べながら美濃の人たちと出会い、木曽川に沿う町のさわやかな風に吹かれてきた。

年に何度か、私はこの町の正眼寺を訪ねて行く。そのために高山線の「美濃太田」で下車する。郡上おどりで有名な八幡町に連歌師・宗祇《そうぎ》の遺跡を訪ねたときも、この駅で長良川鉄道に乗りかえた。

いつもはあわただしく通過してゆくだけだが、今回は目的が違った。美濃加茂市で「紀州の食文化」を紹介する。クエを食べる。人とふれあう。そして町を知る、という旅だった。新鮮な気持ちで駅に降りた。目的を変えると見えなかったものが見えてくる。

駅まで迎えの車が来てくれていた。町をしばらく走って「クエを食べる会」の会場に着く。宿の入り口に「中山道太田宿」と書かれているのを見て「中山道」に戸惑った。地図が頭に広がらない。木曽川はどう流れているのか、木曽の御嶽山はどの方向か。馬籠は――。

持ち前の好奇心が「中山道」に集中した。会が始まるまでの間、美濃加茂市からのパンフレット「中山道・太田宿のガイドマップ」「美濃中山道十六宿・散策ガイド」を読みふけった。聞きなれた「美濃太田」という駅名、これは太田宿のこと。長く人が歩き続けた「道」の歴史を背負っていた。

93　中山道

江戸日本橋を出て京まで、群馬、長野の県境を越える碓氷峠、日本の屋根と言われる峻険《しゅんけん》な山、信濃、木曽をふんで美濃にくる。中山道と言えば私の知識、思い込みのようなものがあって、狭い範囲に固持していたようだ。

例えば島崎藤村の小説『夜明け前』。維新前後の緊迫した動乱期、時代を変えようとする人たちが中山道を走る。舞台は中津川宿。「木曽路はすべて山の中」のこだわりに終始していた。藤村は木曽と飛騨の山脈に囲まれた山の村、馬籠宿の出身。藤村の父はこんな僻地《へきち》に過ごしながら、確かな情報を得て国事を憂えていた。

街道は人が歩く。物資を運ぶ。人が移動することで情報が集まる。文化も動く。文化が起こる。とどまる。

一九九六年秋、美濃加茂市役所に川合良樹市長を訪ねたとき、短い時間だったが、まっ先に「ショウヨウサン」の話が出たことを思い出した。

「坪内逍遥のことですか」。明治の文豪が親しげに語られていることに驚いた。『小説神髄』『当世書生気質』など、なつかしい本の名前がでてくる。シェークスピアの翻訳をした人だ。試験に出たなー。ふと学生時代にもどった気分になって心がはずんだ。江戸時代、この太田に尾張藩の代官所があり、逍遥の父はここで役人をしていた。逍遥は太田で生まれ十歳まで過ごしている。

美濃の太田宿の坪内逍遥、馬籠宿の島崎藤村。中山道の一本の道でつながっている。距離は十五里（六〇キロ）。一八五九年（安政六年）と、一八七二年（明治五年）の生まれ。ほぼ同時代、中山道の同じ風をふたりの文人に感じた。旅で少しこの道を理解した。

峠みち　頂点へ不安と期待まじり

峠を越えると――。

平野がひらけるか、海が見えるか、またまた山であるか。今も昔も峠みちは不安と期待がある。人生にもいくつかの「峠」がある。ものごとの最も盛んなとき、頂点を極めること。「華」という表現もいいだろう。峠に立つこと、長い方がいい。しかし長くはない。

また困難なときも「峠」を使う。一九九八年、経済は低迷している。「峠」を越えてそれが吉と出るか、凶か。ある識者は昭和初期の大恐慌と同じだと言う。私が生まれた頃だ。その峠を越えてどうなったか。日本は長い戦争になった。二十世紀末、「峠」への道は人の心が荒れている。次の世紀は明るさのみなぎる時代であってほしい。

山がちの日本の地形が「峠」という文字を作り出した。山の上り下りの境。昔の旅人は峠の道祖神に手向《たむけ》けをした。この「タムケ」が「トウゲ」に変化したのだという説がある。学問もいろいろ、説が多いほど私は面白い。峠に茶屋があった。きっとそれぞれの地域の季節料理が出ただろう。

和歌山県は海道六〇〇キロ、しかし山国だから、歩けば行きつく峠が数えきれないほどある。和泉山脈を越える。果無山脈を行く。高野から龍神へ、熊野地方、有田川流域、日高路。

和泉から海沿いを来て大川から加太へ越える大川峠。「大川から来ている小学生はみんな足が早かった」。これはかなりの距離を歩くからだ。紀淡海峡を見下ろす峠みち。今頃、山桜が咲き始めているかも知れない。

大阪から紀州へ来る最初の難所、雄ノ峠があった。ここは、小野小町が熊野詣の途中、老いの身で願いかなわず死んだという伝説がある。阪和線はこの伝説の山、雄ノ山隧道《ずいどう》をくぐって和歌山市に入る。

妙寺の蔵王峠では真下の紀の川に感激した。谷底に見える一筋の川が光っていた。清水町の七肘峠、一度歩いてみたい。古戦場であるらしい。梨《なし》の木峠。この梨はケンポナシのこと。霜が降りると、甘みが増してナシのような味わいがある。

旅人の楽しみが峠の名前になった。今はないが、伊勢、大和街道筋に隅田の闇《くらがり》峠がある。「くらがり」の峠を想像させる。「闇饅頭《まんじゆう》」が茶屋の名物であったらしい。風吹峠、根来から和泉に越える道だ。いつもうすら寒い北風が吹いている。人が歩いて肌に風を感じた地名だ。

峠に、雨のとおり道と言われているところにも出合った。山深い熊野古道の小広峠。そこだけが雨がぱらつく。冬は雪にかわる。

橋本の高野街道。弘法大師が高野を開かれてからは信仰の道となるが、人びとの往還で、弘法大師の壮大な知恵と教えがみちみちにこぼれ落ちた。京から大阪、河内に来て峠に至る。その目の前に大きく開けた風景に感動した。「紀伊のくにが見える」。その明るさに希望のようなものがあったのかも知れない。紀見峠だ。紀伊見峠とも、きのみ峠とも呼ばれた。

97　峠みち

峠のひと

発想・集中力 そして創造

数学者の岡潔は橋本市紀見峠の人である。一九五二年に学士院賞、六〇年に文化勲章を受けた。「峠の人というのはね、俯瞰《ふかん》でものを見ることができるからね。高いところだから世の中の動きがよく見える。斜めに見ることも、反対側のくにのことも知ることができるだろう」。こんなアドバイスをくれた友人がいる。一人で考えるよりも二人、三人集まれば文殊の知恵。

紀見峠にはもっとたくさんの人の知恵が集まった。京都から大阪へ、河内を経て高野山と結ぶ東高野街道。堺、河内から来る西高野街道。居ながら情報を知ることができる場所だった。

峠を越えると、橋本、紀の川、そして弘法大師の高野山を望む。河内へ下ると南朝の雄、楠木正成の千早赤阪。弘法の学問、正成の知力、紀見峠にこの熱い血が流れた。

岡潔の父祖の地は紀見峠。幼年期から青年期の多感な時代をこの地で過ごしている。好奇心旺盛《おうせい》、集中力のある天才少年は旧制粉河中学の受験に失敗。試験のとき、難しい問題から解きはじめるくせが禍《わざわい》した。

失敗にめげず、少しずつ数学者としての道をのぼりはじめる。道にしゃがみこんで棒切れで数学的解析を考えはじめると、日の暮れているのも知らないほど熱中していたという。

六八年、和歌浦の旅館で岡先生の講演を聞く機会を得た。「数学ものぼりつめれば美学だ」と、文学や歴史の話をされた。

私はまだ若く、三人の子育てに明け暮れていたので、新鮮な気持ちで聞いた。どれもいいお話で、一生懸命聞いたのだが、どんどん話の舞台が変わる。現代から古代へ話が飛躍するから、とらえようがなかった。

この頃学生運動が盛んで、十月二十一日は新宿駅に全学連のデモ隊が突入、駅が火の海になった。新宿の大騒乱である。先生が和歌山に来られたのはその二日後。「日本のあるべき姿ではない」と、声を震わせ激怒された。

今から思うと、この新宿駅の「火」から連想されたのだろう。いきなり古事記のヤマトタケルノミコトの話になる。相模の国へ行ったミコトは、野に誘い出されて火をつけられ、野原が火の海になった。ミコトはクサナギノツルギで火を防がれた。私は神話の教育を受けたからよくわかった。「さねさし相模の小野に燃ゆる火の火《ぼ》中に立ちて問ひし君はも」。妃オトタチバナヒメの歌である。この話だけ覚えている。

聴衆は興奮していた。私もその熱気に巻き込まれていた。講演を理解できたかどうかではない。不思議なパワーを身に感じていた。「長時間、心を集めて散らさないことが大事なのである。それがだんだんよくなってゆくのが成長である。創造はその自然の結果——」

世界的な数学者は「街道文化」の花だろう。素晴らしい発想、集中力、岡潔の日本、日本のこころ。この人は紀州の人、橋本の紀見峠の人である。

紀見峠　多彩な人々しのび輝く視界

橋本市民会館で「石童丸ものがたり」の創作オペラをするからと、代表の澤村テルさんからお誘いがあった。開演午後二時。昼の部だったので、朝のうちに紀見峠へ行ってみようと思いついた。峠を書いていると、峠を歩いてみたくなる。橋本市在住の猪足和代さんを誘った。弟さんの河合達哉さんが九度山から車で駆けつけてくれる。

やや肌寒かったが、この春一番の晴天。透明な空。まず紀見隧道《ずいどう》の入り口で車を降りた。イヌフグリが咲いていた。小さな花でも一面に咲くと、野がその花の色に染まっている。誰の句だったか、

大空と似たる色かないぬふぐり

を思い出した。ヨーロッパ産だが、明治に渡来して日本の春をつくっている。タンポポも咲いていた。河合さんはトンネル口にある碑文を書き写してくれている。「紀見トンネル記」。この道の歴史について。そこからまた車を走らせて峠近くまで行く。柱本という地名の標識が見えた。数学者岡潔はこの小学校に通った。

道は大きくカーブして急に視界がひらける。橋本や高野の山脈《やまなみ》が見えた。俯瞰《ふかん》で見るとはこのことだ。鳥瞰《ちょうかん》は鳥の目になること。古代天皇は高い所に立って国見をされた。国の形勢、作物の出来高

を見る——。峠に来ると、よく理解できた。急坂の手前で車を降りて歩く。腰痛の神さんの案内板があった。いかにも峠だ。藪椿《やぶつばき》が咲きこぼれている。この花も峠によく似合う。近くに住んでいるのに、「こんなにいいところがあるって知らなかった」と猪足さんは感激している。その場に立っていつも旅人の目で風景を見ることが大切なのだ。

街道の両側には立派な家が並んでいた。昔、この峠で、三〇〇人の宿泊が可能だったと聞く。私は一歩一歩大切に踏みしめながら歩いた。心の高ぶりを感じながら。岡潔の風土なのだ。峠を行き来した人たちの想いが道にある。弘法大師も越えられただろう、と考えていると道が急に輝きはじめた。

私の家のすぐ近くに、画家であり、農業協同組合一筋に来られた西岡博史さん（一九一七年生まれ）が住んでおられる。岡潔とはいとこ、紀見峠の人だ。峠の話を聞きにたびたび訪ねて行く。

「紀見の峠のみちは二、三キロかな、戦前は五〇軒そこそこの小さな集落でね。それでも昭和電工の谷口社長、中外炉の粉生社長、旧満州で化粧品会社で成功した岡さん、東大の数学の教授の岡部さん、数学者の岡潔はもちろんですが、多士さいさい。私の兄の北村俊平は村長や県議でしたが、風太郎という俳号、家を『麦門山房』といい、『風』という雑誌を出しておりました」

石ひとつ残して野火の行方かな　　風太郎

春なれや石の上にも春の風　　石風

「石風」は岡潔の俳号で、戒名は「春雨院梅花石風居士」。峠の風に風雅を学んだ人たちなのだ。

紀見峠散策。「石童丸ものがたり」のオペラ鑑賞と。私は心豊かな春の一日を過ごした。

103　紀見峠

美里のはなし　山で迷い人の温もり恋しく

「峠みち」（九五頁）は、かなり忙しい書き方をした。読者で友人の林武さんから電話がかかってきた。「もっとゆっくり行けよ」。峠でゆっくり休んで、風や木々の匂《にお》いなどを感じる——。いつもの情緒ある文で書いたらどうかと。私も忙しい峠越えだと思っていた。あれもこれもたくさんの峠が頭の中で走り抜けた。

「慌《あわただ》しすぎる」とか「峠」の情緒を言う林さんは、高野山麓《さんろく》、美里町の上ケ井の出身。遠井辻峠がある。越えると清水町へ行く道だ。昔の龍神街道、龍神温泉みちをいう。「曽祖父は足が達者で、日帰りで城ケ森越えでよく温泉へ行ったそうです」。歩いて山越えで移動するのが普通の生活だった。

一九七一年（昭和四十六年）秋、テレビ取材に同行して美里町で道に迷った。どこをどう走ったのか、対向車に出合わなかったし、山の中は地道で、カヤが道までかぶさっていた。ときどき車体にカヤの穂がふれる。遠くに家が見えた。同乗者は一斉に歓声をあげたが、近づいてみると廃屋だった。人の出入りがないらしく、夏は丈高に茂っていたのであろう、その草が枯れて折れ伏している。枯れ草がこんなに寂しさをさそうものだと思わなかった。人の匂いがなくなると、家は不気味である。町に住んでいると、人間の存在がわずらわしく思うことがあるのに、山深く来るとこんなに人の温《ぬく》もり

が恋しいものかと思った。

やっと明かりのついている家に行きついた。炉ばたに招き入れてくれた。小枝をポキポキ折って火を焚《た》いてくれる。「もうちょっと早かったら、この先の道をイノシシ、子を三つ連れて来てたでよ」すっかり夜が更けた。帰り、運転をしていた人が「遠井辻峠やな」と言っていた。ずいぶん山深く迷い込んでいたのだ。

画家の雑賀紀光さんが元気でおられた頃、遠井辻峠を越えて清水町へ行ったことがある。途中、龍神街道の古道を少し案内してもらった。木が鬱蒼《うつそう》としていて狭い道が一筋あった。「父は海南で紙問屋をしておりましたので」。紙の仕入れに清水町へ子ども連れで行ったのだろう。そのとき歩いた道は龍神街道。「ある日、霧の中からシャンゴシャンゴの鈴の音がするのです。『馬がくる』と、あわてて石垣に両手を広げてへばりついたものです」

小荷駄馬で食料や物資を運んでいた時代。「コンダ」と、なまって言っていた。「遠井辻峠」には茶店があった。そこで昼を食べる。家からご飯だけを持参して、塩サバの煮たのを食べたという。大正中頃の話だ。

話は横道にそれてしまったが、林さんのところの上ケ井と遠井の地名の「井」が気になる。堂鳴海山は標高八六九・八メートル。その「井」は何を意味するのか。「この山は山林地帯だから水が噴き出している」。水脈というのか、水のみちがあるらしい。特に上の井戸がいい水が湧《わ》く。水があったから人が住みついた。

弘法大師の足跡調査表を見ると、上ケ井の「三井」。空海の大作だと。遠井でも弘法伝説を聞いた。

数学　紀見峠の風土から岡潔の理論

ちょっと横道にそれる。

私は数学が苦手で、先生から「きみは数学をやらんでええ、文学をやれ」と、小説や詩の本を貸してくれた。授業中は本を読む。短歌を作る。あてられると、友人がノートを貸してくれるので、黒板に書き説明する。試験はどうしたか。範囲に出た答えを暗記した。まあまあ普通で過ごした。

そう言えば、小学校の時から算数が嫌いだった。嫌《いや》だと思うから、余計に嫌いになるのだろう。小学校一年生の算数の時間に先生が黒板にマルを書かれた。そのマルの書き方が不ぞろいなのが気になってしようがなかった。そんなことばかり考えていたので、結果はボチボチ。高学年になって「植木算」「ツルカメ算」「出合い算」などの問題に向き合うと、頭が真空状態になってゆくのを感じた。

その私が、数学者岡潔を書く。「数学ものぼりつめれば美学だ」と、三十代半ばに聞いた話の感動が続いている。目的を持ち、その「道」を昇華させてゆくことが美しいのだと思うからだ。紀見峠の風土とエピソードをそえて、簡単に書けると思っていた。

ところが、岡潔の学問について多少知らなければ、人物像が描けないことに気づいた。まず「解析」について。辞書でひいてみたが、基礎がしっかりしていないので理解できない。二、三日、「言葉」と「表現」について考えたが、結局は近くに住んでおられる数学の金尾全朗先生の知恵を借りに伺った。私の担任だった。いきなり「数学を教えて下さい」と言ったので驚かれたが、わかりやすいヒントをいただいた。「数学は美しいんだな」。数学が可愛くてしようがないという口ぶりだった。「数学は自然だ」「数学は情緒だ」「数学は百姓だ」「芸術だ」「詩だ」。これは岡潔の言葉。この人のいとこにあたる西岡博史さんから聞いた。何となく美しい世界が見えてくる。

「カスリの着もん着てな。炒《い》り豆をたもとに入れて、潔さんは紀見峠の道を端から端まで、まるで夢遊病者のように歩いていた。ときどき土にほおずりをしたりしてね。大地を感じてるんやな。高瀬正仁さんは九州大学の数学史の研究家で、岡潔の伝記を書いている。その中に「箱庭論」というのがあるのです」と、『数学者岡潔先生の生涯⑱—箱庭—』を資料としていただいた。

紀見峠は岡潔の父祖の地で、遺伝子の中に組み込まれたすばらしい風土なのだ。暮らして、歩いて、触れて、見て、試行錯誤を繰り返し、「箱庭」を作る。水の音、風のかたち、ホタルが飛ぶ放物線、匂《にお》い、四季折々の風情の中に、数学の理論をつくり上げてゆく。

西岡さんの話、高瀬さんの書いたものを読んでいると、数学が身近なものに感じられた。

詩人佐藤春夫は、岡潔と同じ年に文化勲章を受けた。ともに和歌山の人である。「広大な宇宙の知識を誇るよりも、ふるさとの一木一草《いちもくいっそう》を知っている方が本当の知識人といえる」と佐藤春夫は書いている。

紀見峠を考える。また熊野の一木一草、この小さな視点を究めることが高い意識を育てることになる。岡潔が亡くなって今年で二十年になるという。

藤白峠　有間皇子しのび「傷み」今も

「藤白峠はどうした――」。新聞で連載していると、地名がそれぞれの人の心に響くらしい。「みちの記」に峠ばかり書けないが、「藤白」が気になりだした。また峠を書く。

藤白峠は、海南市から藤白の坂を越えて加茂谷へゆく道にある。私がこの峠と出合ったのは女学校の遠足だった。地元ではかなり知られているところで、同級生たちに聞くと、小学校時代からの遠足地だったらしい。「フジシロかえ?」と不満げに言う人もいた。大阪からの転校生だった私は、どこもが珍しく新鮮な思いで受けとめていた。

藤白神社に参拝して、そのわき道を通り抜け、民家の前をしばらく行くと山道にさしかかる。すぐ海が見えた。「すごい海やな」「青いな」。十四歳の感激はこんな言葉にしかならなかったが、何度か立ちどまり、振り返り、おくれて峠に着いた。急坂だった。

峠から見ると、海の風景が一変していた。キラキラした光の海を不思議な思いで眺めた。その頃は見る位置や時間、気象条件で景色が変わるというのを知らなかった。遠足で二度ほど行った。その後も友人たちとこの風景を訪ねた。戦後すぐのこと。海はまだ埋め立てられていなかった。

一九六五年（昭和四十年）頃、「紀州」をテーマに書いて見たいと思った。まず歩く。人と会う。話

111　藤白峠

を聞いてから資料を読む。藤白は身近に感じられた。

ここは熊野詣の道すがら、旅人が初めて海と出合うところでもあった。取材を重ねてゆくと、風光明媚の「藤白」だけではなく、この坂を行き来したいろいろの人の思いが見えてくる。

千三百余年前、都では皇位継承をめぐる骨肉相食《は》む醜い争いが水面下で行なわれていた。若い皇子がつぎつぎと死に追いやられてゆく。時代は壬申《じんしん》の乱のきざしを孕《はら》む不穏な空気に包まれていた。藤白坂では刺客が機会を狙っていた。皇位継承者として期待を集めていた有間皇子にむけて。

自らを傷みて松が枝を結べる歌二首

家にあれば笥《け》に盛る飯を草枕旅にしあれば椎《しい》の葉にもる
磐代《いわしろ》の浜松が枝を引き結び真幸くあらばまた還《かえ》り見む

十九歳の皇子には不幸の予感があった。謀反を持ちかけてきた男に、謀反人として注進される。謀られたのだ。日本書紀に記された「天と赤兄知《え》る　吾全解《われまほらわか》らず」。この絶叫。有間皇子の「傷み」は蘇我赤兄の裏切りだった。

藤白坂は熊野道で最も峻険《しゅんけん》な峠みちといわれている。殺された場所に間違いがなければ、急坂を下り、ようようほっと安堵《あんど》するところで、ことが起こった。瞬間の心のすきをつかれた。藤白坂を自分の足で何度も歩いてみて初めてわかる。

千年二千年この先も、人間は変わらないだろう。たかが百年も生きられない命であるのに、なぜ責めさいなむことをするのか。昔の傷みは今の傷みでもある。どうすることもできない人間の悲しい性である。歴史を読んでいるとよくわかる。

宗祇が歩いた　句に残した故郷紀州への思い

きのうのことも覚えておれないのに、六百年近く昔、室町時代末期の代表的な連歌師「宗祇《そうぎ》」がどこで生まれたかに興味を持っている。私なりの根拠があって、紀州誕生説を信じているが、今、連歌や宗祇の研究家、学者たちは「確かな史料がない」「単なる伝承にしか過ぎない」と、紀州説を聞こうともしない。「国学者本居宣長の『玉勝間』に宗祇が生まれし家の跡として紀州を書いておられるではありませんか」と言うと、「あれは江戸時代でしょう。この頃は紀州説が有力でしたからね」「吉宗などの偉い人が紀州から出ておられますからね」。宗祇に関係のない話までして紀州誕生説を否定する。しかし、紀州か近江かの誕生地論争も「宗祇」を残すためにいいのかも知れないが——。

一九九一年夏、岐阜新聞に宗祇のことを書いた。「古今伝授」のあとを訪ねて郡上八幡へ行くということ。その新聞を読んだと、早朝、武儀町の西部正勝さんという人から電話があり、「私どものところを歩いて宗祇さんが郡上へ行かれたのです」。「宗祇さん」と呼ぶ言葉の響きが良かった。そうだ、宗祇が歩いた道がある。長旅の途中、ところどころで宿をとり、村びとが宗祇を囲み、都の話、連歌のことなどを聞いたのではないか。武儀町は岐阜のどのあたりなのか、方向もわからないまま行く約束をした。

その町に行ったことで、郷土史家の森田廉夫さん（一九二八生まれ）に出会えた。宗祇が津保川の川辺に宿をとり、歌を残している。その歌碑を森田さんは自宅の敷地に建てておられる。それと一八〇六年（文化三年）、上有知俳句連中が宗祇の句碑建立を考えたらしい。趣意書があった。

私はそれを読みながら心がふるえるのを感じた。「宗祇翁の発句　関こえてここも藤しろみさか哉――」。紀州の藤代（白）のことも書いているではないか。

「和歌山の藤白ですよ。万葉集に藤白の御坂《みさか》と詠まれています。この坂はミサカと言うのです」

全く知らない武儀町が宗祇を通じて身近になった。この突然の出来事に驚いている。「宗祇翁元紀州の産故《ゆえ》　その国の地理に委《まか》しければ　美濃の国にも我故郷の名とかくも似寄りし所ありけるよとてここに此《この》句を残さりけるとぞ」

紀伊名所図会には「藤白の御坂」。御坂は真坂の意、美称であること。

　関こえてここも藤白三坂かな　　宗祇

とある。字が違うが、言葉は同じである。紀州の関は藤白の関、熊野往還の関守を置いたところ。美濃の関は今、刃物の産地で知られる工業都市。宗祇が歩いた時代は長閑《のどか》な山村であったのだろう。その関を越えたところが「フジシロミサカ」であった驚き。「ここも」というのは、紀州の藤白坂を思い出したのだ。

武儀町と美濃市の境、桜の古木の下にこの句を刻んだ宗祇の碑がある。案内してもらった。森田さん、西部さんたちで、朝からこの山坂の草を刈ってくれていたらしい。すがすがしい草の匂《にお》いがした。これも宗祇が私たちに残してくれた文化のひとつなのだ。宗祇の紀州への思いを感じとれた。

『吉野葛』から　こまやかな描写に風土の匂い

四十数年ぶりに谷崎潤一郎の『吉野葛《くず》』を読む。若い頃とは違った新鮮な感動があった。語りかけられているような平明な文章に引き込まれるように読みふけった。こまやかな描写、鋭い視点、山深い吉野地方の川や山の匂《にお》いがあふれるように感じられた。

また読みかえした。

今度は五万分の一の地図で地名を追いながら、和紙の産地と書かれている宇陀の国栖《くず》を探した。私は吉野川沿いを何度も車で走っている。サクラの頃も、小雨にけぶる夕暮れの川岸も見た。地図にそんな風景を重ねて思い出しながら『吉野葛』の風土にひたっていた。今このあたりのみやげもの屋には吉野紙の便箋《びんせん》と封筒が売られている。伝統には、ほのぼのとした優しさがある。

谷崎の取材旅行は明治の終わり頃と大正の初め、津村という友人に「二つや三つの小説の種は大丈夫見つかる」と誘われた。南朝の秘史を歴史小説に書きたいという計画も持っていたらしい。私の興味はもっぱら「紙」だった。「国栖の方では村人の多くが紙を作って生活をしている。それも今どき珍しい原始的な方法で、吉野川の水に楮《こうぞ》の繊維を晒《さら》して手ずきの紙を製するのである」と、その当時の紙すきの様子が小説の中に書き記されている。

117　『吉野葛』から

中国から日本に製紙技術が伝わったのは六一〇年頃らしい。紙で文化は大きく前進している。原料となる楮が手に入りやすい山地、吉野川のような清流のあることが紙づくりの条件だった。

紙は貴重なもの、大切なものだった。昭和初期の教科書に、倹約と質素の教えに紙すきの話が出てくる。自ら障子の切り張りをして見せたという松下禅尼。そして女官を紙すきの里に伴い、寒中冷たい川に足をさらして紙づくりをしている厳しさを見せて教えた。紙を粗末にしてはいけないと――。若い頃、『吉野葛』を読んだとき、小学校で習ったこの話がだぶった。そこにも「紙を粗末にせぬようにと長長と訓戒を述べて――」とあった。「ひびあかぎれに指のさきちぎれるよふにて――」。これも文中に何度も出てくる。紙をすく少女の手に、その様子を見てきている。

物が豊かすぎる時代に、こんな昔の話は不向きかも知れないが、考えなければいけない時期が来ているような気がする。

明治になって紙が大きく変わった。機械製紙が始まったからだ。日本古来の紙と区別され、洋紙と呼ばれた。印刷技術の向上で急成長した産業だった。

子どもの頃、住んでいた船場の家の近くに「洋紙屋はん」という紙問屋が数軒あり、いずれの家も優雅な暮らしぶりだった。

「紙」についての説明はこれぐらいにして、私は「紀州の紙」について書こう。「弘法大師が伝えたという高野紙、大和の宇陀がルーツという清水町の保田紙と――」。紙が来た道、紙が運ばれて行ったところと、その人の思いと。

清水の保田紙

山紫水明の地に製紙法伝わる

清水町の保田紙は、宇陀の小沢から製法が伝えられたという。これを知ったのは三十数年前、古書店で手に入れた笠松彬雄の『紀州有田民俗誌』だった。本の発行は一九二七年（昭和二年）。この当時、柳田國男という民俗学者がいて、口碑、伝承、土俗などを集めようと日本各地に呼びかけをした。その叢書《そうしょ》のひとつだった。かなり高い値がついていた。

若い頃に読んだ谷崎潤一郎の宇陀の国栖《くず》の紙すきを引きずっていたらしい。「紙」について書かれていたから、高いのを承知で買ったのだと思う。保田紙が宇陀の小沢であることが心にひっかかった。「紙すきはお大師さんに教えられた」という高野紙は、九度山の古沢に今も残っている。地名にこだわりながら興味をひろげてゆくのだが、民俗誌には地名を入れた俚謡《りよう》がたくさん書かれていた。

三田《みた》の左太夫は良い子を持ちて
お今大蔵《おおぞう》に　おます遠井《とい》に
お竹は湯川の上さまに

「三田の左太夫」という人は笠松左太夫のこと。藩命を受けて製紙をこの村に起こした。また私財を投じて溝を掘り、新田開発もしている。左太夫の年代から見ると、紀州藩初代の頼宣公の時だろう。

製紙や新田で村おこしをした人だ。雨の日でも村人は笠をとって左太夫の家を拝んで通ったという。

三田、遠井、大蔵、湯川はいずれも川沿いの地名。お今、おます、お竹は、製紙女工として紙づくりを村に伝えた。説明をしなければ俚謡の意味はわからないが、大切なことを伝えようとしたのだろう。

小沢から清水への製紙の伝来は、俚謡を読むと、平和に見えるが、技術は簡単に教えてもらえなかった。左太夫は苦肉の策として、あることを思いついた。村の若い美男子三人にお金を持たせて小間物屋の行商人とする。いつの時代もキラキラした装飾品は女の夢。櫛《くし》やかんざしを携えて宇陀の紙すきの里に通わせた。きっぷのいい男に惚《ほ》れて女がついてきたということ。左太夫はその紙すきの技術を持つ女たちを村の三カ所に配置して製紙法を伝えさせた。

保田紙は楮《こうぞ》の木を使う。もともとは野生であったが、栽培されるようになった。「紙木」とも言われた。その木を切ってきて釜《かま》で蒸し、皮をはぐ。いくつかの工程を経て、更に灰汁に入れて煮る。紙づくりに清流が必要なのは、川水によく晒《さら》す必要があるからだ。それからカシの棒で打つ。

「紙素《かみそ》打唄《うちうた》」はうたう。

三田の左太夫は紙すきなろて
山の保田は紙で食う
紙素打て打て紙屋の姉ら
かたい紙素打ちこなせ

紙素を打つ音が山里の独特の響きであったのだろう。紀伊名所図会で、

121　清水の保田紙

楮たたく隣里にも砧《きぬた》かな　花友

というのを見つけた。今はまぼろしの神野《こうの》紙。神野は美里町。日高の半紙、本宮の「音無紙」。紀伊山地はどこも山紫水明。「紙づくり」が産業として栄えていたようだ。

傘紙　町の匂い運ぶ龍神街道

一九六〇年代に、町の生活から番傘や蛇の目傘が姿を消した。私の家では使わなくなってからも捨てきれず、納屋のすみにしばらくあったように思うが、いつの間にか始末していた。その後、番傘は山里の温泉旅館で「風流」というかたちで使われていた。それもあまり見かけなくなった。

竹の骨に和紙を張って、油やシブを引いた紙の傘が日用品として普及したのは一七〇〇年代半ば。それから二百数十年を通りすぎて行った文化だった。番傘が古い街並みや田舎の風景に似合うと思うのは、和傘の時代を見てきたからだろう。今はなつかしさだけである。

思い出す人がどれだけいるか。新しい番傘を開くとき、バリバリッと音がしたこと。まわりにたちこめるシブの匂《にお》い。それと番傘にはじく雨の音。春雨、梅雨、夕立、時雨、それぞれ傘に響く音が違っていた。失われた日本の音だから余計に思い出すのかもしれない。

蛇の目傘はかれんで、いきな雰囲気をかもしだした。蛇の目の女が絵になっている。

古くなると紙が破れる。破れ傘は貧しさを表現した。金持ちでも奉公人には破れ傘を使わせたのだろう。

守が憎いとて

破れ傘きせりゃ
可愛いわが子に
雨かかる

すさみ地方で聞いた子守唄だ。「お守りには古傘でええ」「それでは子どもに雨がかかるよ」海南市は番傘の産地だった。盛んだった頃は、汽車の窓から製品の傘がたくさん干されているのが見えた。それで「海南」だとみんなが思うほどだった。この傘紙には清水の保田紙が使われていた。紙が運ばれて来たのだ。

日高名高の紙買いさんよ
紙やできたよ　かさ紙や

―紙すき唄より―

紙問屋が紙を買いにくる。「紙買いさん」が町の匂いを運んでくる。町ではどんな暮らしなのか、女たちはどんな着物を着ているのか。昔の生活にはテレビや新聞はない。めったに町の人とは出会えない。冬の冷たい川水で紙をすく女たちは、山をいくつか越えてゆくはるかな町にあこがれていた。

連れておくれよ日方（海南市）の町へ
わしも紙やの娘です

紀伊続風土記の『物産』に、「傘　府下本町九丁目はみな傘戸なり」とある。傘屋が多かったようだ。紙すき女ではない、紙問屋の嫁になりたい。そのためには早く勉強しよう。傘張りの家に嫁に行って、蛇の目やから傘を張りたい。冷たい冬の労働から離れたい。そんな願望がまた唄になる。

嫁にいかんかもらいに来たよ
　町の九丁目のかさやから
しかし、町の傘屋でも決して暮らしが楽でないと否定する。
　町の九丁目のかさやでも
　張らにゃ食われんちしゃ男

紙素をたたきながら、紙をすきながら、唄は労働の慰めだった。吉野地方から伝えられた紙すき。製品となって和歌山城下、海南へ運ばれてきた昔。龍神街道は「紙のみち」でもあった。

ふたつの道

キレる？ キレない？ どれも人生

久しぶりに高校の同窓会に出席した。戦後の学制改革で男女共学になり、その二期生。今年で五十年を迎える。卒業以来という人も何人かきて、にぎやかに会を終えた。

みなそれぞれの道を歩き、それぞれに年を重ねていた。亡くなった人も何人かいる。

「読んでるよ」と声がかかる。新聞や雑誌の連載を言うのだろう。「ありがとう」「ありがとう」を繰り返しながら、同級生の声援には少々面はゆい思いがした。

「キレないか心配している」という人がいた。思いがキレて筆を折らないか——。「それほどの大物じゃないわ」と笑ってすませたが、新聞の連載も二十年余り五五〇回を越えている。家事をしながら書き続けてきた。確かにずっと気持ちが張りつめている。中傷が多かったころは何度も崩れそうになった。書き続けるということは容易なことではない。平坦《へいたん》な道ばかりではない。山あり谷あり峠も越えた。先人の言う「継続は力なり」を目標に。

「キレる」で思い出したのがゴッホの「烏《からす》のいる麦畑」という一枚の絵だった。黄色の麦畑の中をまがった道が走っていたなと、ふと心の中をよぎった。同窓会から帰ってから画集を開いてみた。

暗く垂れ込めた雲とカラスの群れ。カラスはどこの国でも不吉の予感をもたらすものなのか。この道は途中でキレている。これが遺作となった。一八九〇年七月二十七日。月曜日の午後、ゴッホは自らの命を絶った。三十七歳だった。心の病で病状が悪化していた。この日、麦畑で「もうだめだ、どうにもならない」とつぶやいているのを聞いた農夫がいたという。

病気に追い込まれた原因は何だろう。思いつめて先が見えなくなったのか。絵の道もキレている。凡人であっても、地方でものを書き続ける生活には厳しい試練がある。私はそれをバネにして書き続けるだけの精神力を培った。

もうひとつの「道」の絵がある。日本画家東山魁夷の出世作となった作品だ。白いゆるやかな一筋の道がある。道のかたわらはやや起伏のある草原を思わせる。道の向こうに静かな空がある。

エメラルドグリーンにブルーを重ねた目のさめるような草生だ。さわやかな色の表現に魅せられた。見ているだけで心が透明になる絵というのがあるのだ。一筋の道は視界から消えたかに見えるが、決してキレていない。白い道は天に続き、はてしない草原を走るように見える。道が続いているのは希望なのだ。牧場をかいているが、馬も柵《さく》もない。何もかも身辺から取りはらって、ひたすら「道」であるから美しい。

ゴッホは命を絶って前途を否定した。魁夷はのびやかに道を描き、画家としての名誉を得た。

同窓会はそれぞれに歩いた「道」を持って集まるところだ。帰ってから、私はふたつの「道」について考えていた。

129　ふたつの道

東高野街道　古戦場ものどかな商店街に

大阪での会合が思いがけなく早く終わったので、急に河内の四条畷へ行くことになった。「楠正行《くすのきまさつら》が戦死したところだ」と歴史好きの友人の提案だった。「マサツラ?」とけげんな顔をした人もいたが、楠氏は戦前の歴史を華々しく飾っていたから、昭和ひとけた世代はすぐ納得した。

郷土史に興味を持ち始めて、紀州と楠氏のかかわりの深さを知る。紀の川筋の津田氏、熊野の和田氏。正行は「粉白殿《このしろどの》」（那智勝浦町下里）に学んでいる。また、日高に落ちのびた正成のいとこ、楠三郎の子孫は姓を楠《くす》、楠山、楠本などを名乗り、菊水の家紋を持つ家が多いと聞く。

その日、片町線の四条畷で下車した。なぜか私は子どもの頃、絵本で見たそのままの風景を想像していた。雄叫《おたけ》び、矢叫び、よろい、かぶとの男たちのすさまじい合戦。六百数十年経ているのだからあるはずがないが、南北朝の戦いが駈《か》け抜けた。

駅前はそれとはまったく違っていた。おびただしい自転車が並んでいる。ベッドタウンとしての住宅化が進んだのだろう。それももう古びて雑然としていた。いきなり「楠公通り」という商店街に出た。トマトを盛り上げている八百屋、魚屋、てんぷらの揚げたて。衣料品から薬局、喫茶店まである昔ながらの通りだった。買い物に来ている若い主婦たちがいきいきしている。どれだけ土地の歴史を

131　東高野街道

知っているだろうか。老人が店の人と長話をしている。古戦場も長閑《のどか》であたたかな町になっていた。

商店街を通り抜けると、正行の墓所があった。クスノキが二本森のように繁《しげ》っている。地元の奉仕会の人たちが守っているらしい。整然としていた。

駅で見つけた沿線案内書をたよりに、和田賢秀の墓を訪ねることにした。楠氏の一族だ。私は知らなかった。

ゆるやかにカーブしながら山裾《すそ》を走る道があった。車の往来が多い。バスも通っている。墓はその道沿いの崖《がけ》の下にあった。案内板に「東高野街道」とあるではないか。京都から河内を経て紀見峠を越え、高野へ行く道なのだ。

熊野へ、高野へとみんな紀州に向いていた時代があったのだ。和田氏も紀州ゆかりの人かもしれない。首を打たれても敵のよろいにかみついて離さなかった勇士だという。この気概。賢秀の強い歯にあやかろうと「歯神さん」という民間信仰の場になっていた。

軍国時代は参拝者が列をなしたという、四条畷神社はひっそりとしていた。高い石段のある参道。勇ましく軍靴を響かせたであろう昭和の戦争も風化しはじめている。

楠氏は悪党なのか、英雄か。時の権力者は都合のいいように人物の評価を変えてゆく。

四条畷から近鉄の瓢簞山《ひょうたんやま》行きのバスが出ていた。生駒山麓《さんろく》を通り、瓢簞山まで行く。ここでも「東高野街道」と書かれているものを見た。

歩くということ、見るということは、歴史が直接伝わってくる。数時間の歴史散歩だったが――。

「太平記」余話

南朝への熱い思いに抱かれ……

友人たちとの夕食会で、私は四条畷へ行った話をした。それを聞いて今は亡き吉田昭さん（当時和歌山市在住、医師）が「私の先祖は四条畷で楠木正行《まさつら》とともに戦死したのです」と。急に六百数十年の時間が飛んだ。一瞬に時を超えることができるのだ。南北朝の熾烈な合戦が、昨日のことのような話題で動きはじめる。

「吉野の如意輪堂に残した歌があるね」。楠木正成《まさしげ》の三回忌を契機に、正行は兵をあげた。相手は幕府軍。死を覚悟の出陣だった。「返へらじとかねて思へば梓弓なき数に入る名をぞとどむる」「そう、矢じりで堂のトビラに書いたのよね」。同世代の仲間だから抵抗なく話はひろがる。

そこで吉田さんの話を聞くことにした。先祖の名前は野田四郎正武。有田の野田村野田の出。「なき数」のひとりとして名を記された人だ。菩提寺《ぼだいじ》は湯浅町の養源寺。今も子孫の野田氏が吉備町に住んでいる。

なじみの中華料理店で「食」を囲んで、南北朝の話に花が咲く。この素晴らしい時間。「一天両帝」、ふたりの天皇が南朝北朝に対立。戦いが半世紀以上続いた。紀州は南朝びいきが多い。それは戦前の教育だけではないようだ。楠木氏を誇りとするのは、先祖が何らかのかたちでかかわりを持ったであろうこと、私は自分が日高に落ちて来た楠木三郎の流れをくむと信じている。

後醍醐天皇の皇子、大塔宮護良親王は戦に敗れて「熊野落ち」をされた。中辺路の野長瀬氏は親王をたすける。紀州を歩けば、どこかで南朝の秘話に接することができる。それだけでも紀州は歴史上重要な位置をしめているのだ。

奈良の般若寺から護良親王は供《とも》九人とともに、田舎山伏の熊野参詣《さんけい》のいでたちで紀州路へ逃れてきた。印南の切目王子に着いて一心に神に祈る。すると、童子が夢に現れて「熊野三山の間は尚も人の心不和にして大儀成難し」。十津川に向かわれよ、とお告げがある。

印南川沿いを龍神、十津川へ歩かれたのだろうか。途中、供のひとりが亡くなって葬られたという伝承が印南町にあった。昭和三十八年、農道工事中に、カメに人を葬った墓が発見されている。今ここは「おつぼさん」と呼ばれて、無病息災の祈願に地元の人たちの信仰を集めている。軍道は大塔宮の愛馬が倒れたので葬ったところらしい。また馬が宮を慕って化石になったとか、ここは「腰神さん」という民間信仰の場になっている。

太平記にはその途中、民家で「粟《あわ》の飯」「橡《とち》の粥《かゆ》」がふるまわれている。人に優しい日高の風土がしのばれる。しかし、餅《もち》つかぬ里の話もいくつかある。身なりのいやしさを怪しまれ、餅をもらえなかった。あとで親王のご一行と知って恐縮。正月の餅をつくことをやめた。また十津川入りのさわぎで正月を冷や飯で過ごしたそのままが風習となったところも昔はあった。

西牟婁郡の中辺路ルートも通られたのだろう。大塔村があり、村の剣神社には親王の太刀がまつられていると聞く。鮎川でも餅を差し上げなかった。その失礼を反省、正月は芋雑煮で過ごしたという。

護良親王の六百年御遠忌《ごおんき》の法要が京都の大覚寺で営まれたとき、鮎川出身者が寺へ餅を持参し、先祖のことをわびたという。

紀州は南朝への熱い思いを抱き続けた国なのだ。

ふるさとの味　住まい移れど変わらぬ食

「食をたどれば人間の移動の様子がわかる」という文章を読んだことがある。印象に残る言葉だった。小さい時からなじんだ味、ひょっとすると先祖伝来のものかも知れない。故あって住まいが変わる。その時、食生活もともに移動するのだと。

紀州の食文化の取材中、大阪で「めはり」が大好物だという若い女性に出会った。これは大きな握りめしをタカナの漬物で包む。昔、熊野地方の筏《いかだ》師や山仕事の人たちが弁当に持参していた。それが家庭料理として残った。タカナの香りと少々の辛みが素朴な風味となる。紀州の味の一品になった。

「今どちらでお住まいですか」と聞くと、「西宮です」と。「めはり」は熊野だと思い込んでいる私は、住まいが西宮というのにあわてた。「おかあさんはどちらの方で――」。つい言葉を重ねてしまった。東牟婁あたりの地名が出てくることを期待していた。しかし、「芦屋です」とすらっと答えた。

「食をたどれば――」と念じながら、「おじいさんか、おばあさんが紀州の方では」。「祖母が本宮です」。やっぱりそうなのだ。私はほっとした。熊野から嫁入りというかたちで移動した。自分のなつかしさを子どもに伝え、孫に伝わったものらしい。

そういえば、私は大阪の生まれ育ちだが、船場の町中で茶がゆを食べていた。「おかいさん」と呼んでいた。ところが、幼稚園に通いはじめて、よその朝食を見て驚いた。この家は朝からご飯とみそ汁を食べている。私の家とはちがう――、変だな。これが生まれて初めて持った「食」への関心だった。私の父母は茶がゆ風土、紀州の日高地方の出身で、「茶がゆ」を大阪へ引きずってきていた。

秋風とともにくるのがサンマ便り。市場の魚屋さんで知人と出会った。「いいサンマやな」。私は塩焼きして大根おろしで、と思っていた。知人はサンマずしを作ることを考えていたらしい。

あとで知ったのだが、その人は新宮の出身だった。サンマずしにユズを使うのか、ダイダイ酢の風味を添えるのか。また会えば聞いてみることにしよう。東牟婁、西牟婁郡には、それぞれにサンマ漁の基地があり、にぎわった時代があった。

　サエラ（サンマのこと）とれとれ梶取《かんどり》沖で
　　とっておしこめ朝の間に

こんな里唄が残されている。サンマずしだけではない。焼く。煮る。正月の雑煮のだし、サンマの丸干し、塩漬けにして保存、馴《な》れずしにもする。

詩人の佐藤春夫は新宮生まれ。東京に住み、ふるさとを想う。ある日の夕餉《ゆうげ》のサンマ一匹。「さんまさんまそが上に、青きみかんの酸《す》をしたたらせて、さんまを食ふはその男がふるさとのならひなり」。青きみかんはダイダイだろう。サンマの焼きたてにしぼり込む。これが春夫のふるさとの味だったのだ。

めはり、茶がゆ、サンマ。みんなふるさとの味をひきずりながら暮らしてきた。味は人が運ぶ。

黒潮のみち

望郷の念 馴れずし残す

大阪で生まれ育ったが、紀州の「馴《な》れずし」は小さい時からよく知っていた。父のふるさとから送られて来たからだ。日高や有田地方では、「本家」といわれる家が一桶《ひとおけ》ごと、兄弟縁者に馴れずしを配る風習があり、「味」を取材していた昭和五十年代にはまだ、野良の行き帰りに「ことしゃどうな、もうすしなしたか」が挨拶《あいさつ》がわりに交わされていた。親せきの多い家はトロ箱何杯というほどのサバを買う。二、三百匹という家がざらにあった。

戦前のこと、大阪の家に毎年馴れずしが届いた。くさいにおいがしばらく家の中にただよっていた。兄と私は鼻をつまんで桶のまわりで、「紀州のくさりずし、くさいくさい」とはやしたてた。馴れずしを一本か二本、食べるだけ桶から取り出す。大ぶりに切り、皿に無造作に盛りつけられる。すしを包んでいるアセ（暖竹）の葉がみずみずしく新鮮な感じがした。父は目を細めて手づかみで食べる。私はちょっとつまんで食べたりしたが、この味になかなか馴染《なじ》めなかった。

新宮で聞いた馴れずしの話だが、これを「いやいやずし」というとか。「いやいや食べて口に馴れずし」。なるほど——。いつの間にか、嫌な味が口に馴れて好物になるということ。確かに子どもの頃に感じた「くさみ」に、今では旨味《うまみ》を感じているのだから。

「日本列島のなれずしをたどれば、黒潮の民・紀州人の足跡が浮かびあがってくる」(近藤弘著『日本人の味』)。この一文を読んで、私は胸をときめかせた。黒潮にのって人が移動する。口に馴染んだ味とは離れがたいものなのだ。「食」をともなってゆく。五島列島の奈良尾町に「紀ずし」という名の馴れずしがあるとも書かれている。

「紀ずし」とはどんなかたちをしているのか。魚は——。役場に電話をした。応対してくれた町の人たちの雰囲気から、「紀ずし」はかなり親しまれている郷土料理であるらしい。大正十三年生まれという吉本とし子さんを紹介してくれた。

「寒村だったこの村に、紀州の人が来て漁場を開いてくれたのです」と。三百五十年も前のことなのに、昨日のことのように喜びを告げてくれる。「紀ずし」でなく、「生《き》ずし」と書くらしい。昔はサバ、今はアジを使う。「アジは背わりします。塩をして骨を取り、目ん玉を抜く。塩抜き、酢あらいして、砂糖酢につけて、すしめしを詰めるアジの姿ずしです。紀州から伝わって——」

すしひとつにも、紀州なのだ。紀州は文化のくにだったのだ。アジの姿ずしを「き」ずしと呼ぶことに、私は紀州を感じる。新宮でアジの姿ずしを取材した時、「目ん玉抜いて」と同じ言葉を聞いた。

黒潮に乗って千葉の九十九里浜にも移住した。室町末期の紀州の漁民の記録がある。元禄のはじめ、湯浅の漁民が住みついて、イワシやアジの馴れずしを残した。「めし漬」ともいう。

イワシと飯、ユズの皮と葉、赤とうがらし、生姜《しょうが》を使う。かたち、味わいなどの違いはあるが、黒潮のみちが人の思いをのせ、馴れずしを運んだ。ふるさとを思う気持ちが残したすしなのだ。

うた　口から口へ　伝承ロマン

ねんねころいち天満の市は
大根たばねて舟に積む

紀州の子守歌を採集していたとき、すさみ町で老女がこの歌をうたいはじめた。節まわしは少し違っていたが、これは大阪の天満の子守歌ではないか――。歌い終わるのを待って聞いてみた。しかし、「母親が歌ってくれたものです」と。母親もすさみの人だった。地元の人が公民館から古い本を持って来た。そこには明治四十年代に、すさみ地方の子守歌として記録されていることを私に示した。新宮市高田でも同じ歌を聞いた。

大阪と紀州を歌で結んだのはどんな人たちなのか。すさみも高田も寒村で、若い女の働く場所がなかった。口減らしで住み込みで働く「奉公」に出される。高田では紡績女工として行った女性もいた。年頃になると帰って来て結婚。子どもを産む。ふと口ずさむ歌が奉公に出て習いおぼえた天満の子守歌だったのだろうか。それが紀州に伝承された。

高田で聞いたもうひとつの子守歌は、

ねんねしやっしゃりませよ

寝る子はまめな
　起きて泣く子は面《つら》憎い

どこかで聞いた歌だ。それは学生の頃、好きで歌った「中国地方の子守歌」だった。この地方出身の大阪商人の家に奉公した女たちが伝えたのか。どの道を流れてきたのだろう。三輪崎もこの歌だった。

郷土史家、海野猪一郎さんは、三輪崎は広島県三原市旭町と昔から交流があったこと、三輪崎と山口県の鯨捕り歌が似ていることなどを教えてくれた。

陸づたいに、また、海を越え、その点を線で結んでゆくと、意外なところで新しい発見がある。人の交流で運ばれる文化、そこで新たに生まれる文化、子守歌は女が運び、民謡は男たちが歌いひろげたのではないか。

矢倉広治さんの「海郷の唄」にも、信州の馬子唄が越後に下り、船便交通路に従って北に流れ、松前や江差の追分節となった。これが定説だと書かれている。

黒潮も歌を運ぶ。「串本節も黒潮がもたらす航海の便から琉球節、鹿児島のおはら節、土佐のよさこい節、八丈島のしょめ節、伊豆の大島節と一連の類型的な民謡だ」と。

ここは串本
向かいは大島
仲をとりもつ巡航船
一つ二つと橋杭《はしくい》立てて

心とどけよ串本へ

串本節が紀州だけのものだという思い込みは、地名や風土が詠まれているからだろう。お雪という遊女が歌われる。雪の降らない大島で「雪」はあこがれになる。フシをつけて歌いながら物語をしているのだ。

人の移動が「食」を伴うように、歌も連れて動く。それぞれの地で違う風を加えて、少しずつかたちを変える。耳で聞きおぼえ、口から口へ。心から心へ。これが音符や活字に残されない時代のロマンなのだ。女が伝えた子守歌は不思議に言葉がくずされていないことに気が付いた。「動」は男、「静」は女という、昔、そんな時代もあったのだ。

鯖　塩でうまみ　山里へ揺られ

ある会合で「ブエン」が話題になった。ほとんどの人は知らないらしく、首をかしげていた。これは塩けのないこと、塩を用いないこと、主に魚介類の生、新鮮であることをいう。「無塩」とかいて「ブエン」と読む。

古座川町一雨《いちぶり》出身で大阪在住の人に聞くと、なつかしそうに「ブエンの刺し身はえらいごちそうでしたよ」と。山村では祭りか正月、庶民の誰もが食べられるものではなかった。刺し身は生に決まっているのに「ブエンの刺し身」というのだから、よほど珍しかったのだろう。戦前の話だ。

紀州の味を取材していた昭和五十年代、「ブエン」はごく普通の会話に使われていた。製氷、冷蔵、冷凍などの技術が発達して、今は世界の食材が日本に集まる。山深い村にも道がつき、新鮮なものが届くようになった。「ブエン」はもう古語辞典の中。この古い日本の言葉、紀州では最近まで残っていた。

しかし、「ブエン」だけがうまいというのではない。塩をして、旨味《うまみ》がかもし出されるサバ。日本周辺の海ではどこでもとれた。「サバのいきぐされ」は、いたみが早いこと。「ブエン」では遠くに運べない。これを塩漬けにすると半年以上持つのだから、知恵のある人は塩と重石《おもし》で保存法を考え出した。

柿《かき》の葉ずしは塩サバを使う。和歌山の紀北、五条から吉野にかけての名物ずしだが、なぜ山村にサバなのか。サバ料理がハレの日の来客のもてなしになるのか——。

交通が不便だった頃、山の村へ何日もかかって塩サバが運ばれた。橋本までは紀の川の川舟に積まれていったのだろう。塩市があったように、ここでサバ市もあったのではないか。

海を知らずに死んだ人がいた昔だったから、海の魚は珍品だったのだ。清水町の旧家で楕《だ》円形をした大きなサバ桶を見たことがある。サバを貯蔵していた。来客にサバめしを炊く。祝いごとには塩サバの造り、キズシと言われる酢のもの。その遠くから運ばれてきたさばを薄くそいで柿の葉ずしをつくる。

同じ紀州でも、日高や有田の海沿いではサバ一本を使って馴《な》れずしを作る。そんな風土を知っている母が初めて柿の葉ずしを知って、すし種のサバの薄さに驚いたらしい。「紀北の人はケチやな」と思ったという。郷土料理に関心がなく、情報のない時代だった。大切な塩サバは向こうが見えるほど薄くそいで使う。それでも名物といわれる味をかもし出している。

若狭の小浜から京都へサバを運んだ道を「鯖《さば》街道」という。谷崎潤一郎の『吉野葛《くず》』には、熊野の浜から吉野に運ばれたサバの道が書かれている。夜食に食べた熊野鯖が美味であったと。「それは熊野浦で獲れた鯖を笹の葉に刺して山越しに売りに来るのであるが、途中五、六日か一週間ほどのあいだに自然に風化されて乾物になる。時には狐《きつね》に鯖の身を浚《さら》われることがある」とも。

歩いて塩サバを運んだ。峠をいくつか越えた。山の風も人の汗も、狐の話も味をつくる。谷崎のこ

149　鯖

の一文は、明治の終わりの味の記録でもある。海から山里への距離、海からの時間でいい塩梅《あんばい》になったのでは――。

水　亡父の言葉にうなずけた

参院議員だった世耕正隆さんの訃報《ふほう》を伝えるラジオ放送で、生前に録音されていた演説の一部が流れた。「和歌山県には海あり山あり水がある。この自然の環境が教育にいいのです」と。「水」が特に心に響いた。私は紀州の山河にあふれる清明な水へと思いをひろげた。「水」も教育と言われたこの人は、日本浪漫派の詩人でおられた。出身地の熊野川町は四十七滝をかぞえる水の風土。

水から私は父を思い出した。大阪で人生の大半を過ごし、亡くなるまで九年間、病床にあった。ある日、郷里の「山田」の水が飲みたいと言い出した。昭和四十七、八年のこと。まだ、わざわざうまい水を求めてゆく時代ではなかった。親戚《しんせき》からは相手にされず、母は自分で、由良の白山神社の奥まで水をくみに、大阪から出向いた。今になると、父のこだわりがよくわかる。

その後、興国寺の法燈国師が伝えたという金山寺味噌《みそ》を取材した。これは由良の地元ではなく、山を越えた湯浅、広で発達した。由良は水が悪いと聞いた。私はずっとそう思い続けてきた。父が飲みたかった水はただの郷愁に過ぎなかったのだと。

ところが、由良町公民館が発行している冊子の中に「明治初期の人びと」があり、明治十一年の由良の営業人の表が載っていた。県税、国税を支払っていた人たちだ。水が悪いと聞いていたのに、清酒づくりは水が命である。父がほしがった水は――、酒づくりに使われた水は何だったのだろう。

私は「由良町の地質図」を持って、郷土史家の後藤宏さん（大正七年生まれ）を訪ねた。「畑（地名）には水越峠を境にして南西に由良川が流れています。あの川はね、小さいけれど水は濁ったことがない。仏像構造線という断層が走っていて、川はそれに沿って流れています」

後藤さん夫妻の何よりの自慢は、畑（地名）の南面の山にある黒高山《くろこ》のシイノキ林、そこの滝谷《たきだん》に湧水《ゆうすい》があること。パイプで麓《ふもと》までひき、毎日その水を使っていると。由良にいい水があるのだ。

父の生家もこの黒高山の麓。明治十一年に清酒醸造業として国税を払っていた、曽祖父西保《さいほ》伊助の名が記録されている。井戸がふたつ、屋敷のあとに残っているが、酒づくりをした水は滝谷の伏流水だったのではないか。

「由良だけが違った地質なのですよ」とは後藤さんの話。北側の山を東西に横切る断層がある。ところどころに石灰岩地帯があり、そこをくぐりぬけて来る水がアルカリ性で、水質がいいのだと。その水脈が大引につながる。大引地区に酒造家が三軒あったこともうなずける。父の「山田」の水は、この断層の白山神社の湧水だったのだ。すると、湯浅や広の醤油《しょうゆ》づくりの水は――。

醤油のことは、角長の加納長兵衛さんに聞くことにした。「大豆をひたしておく井戸水は多少塩分を含んだ水がいいのだと、最近研究を発表された方がおられましてね」。そう言えば、湯浅も広も、小豆島、銚子（千葉）、どこも海沿い。交通の便だけではなかった。昔の産業は「水」をよむことにあった。「水」と教育だろう。由良の水が悪いのではなく、味噌、醤油に合わなかっただけなのだ。

153　水

紀州の鉱物

歴史の舞台支えた金銀銅

川辺町の和佐山にある「権爺穴《ごんじあな》」が田辺の蟻通神社まで通じているのだと、地元の人から聞かされた。和佐は水銀鉱山として戦後まで稼動していたところだ。田辺までというのは何だろう。鉱物を掘り進んだと考えるには距離が長い。鉱脈の暗示なのか――。こんな伝承に引きずられて夢を広げる。

最近、古墳の発掘現場から水銀朱がよく報告されている。私が興味を持っている無機水銀は、古代から「朱」の原料として珍重された「辰砂《しんしゃ》」といわれるもの。中世の頃、日高地方では豪族玉置氏が水銀を支配し、和佐山に城を築いた。ふもとに丹生神社がある。

とにかく「権爺穴」まで行って見ることにした。この山は椀《わん》を伏せたような形をしている。かなりの急坂を一時間ばかり歩いて登った。山の中腹の小さな堂が目印。そこに十一面観音がまつられている。この仏像の台座のようなところに、一筋の朱が塗られているという。水銀朱なのだ。これも見たいと思っていた。

古代から「みずかね」といわれ、日本は産地の一つに数えられていた。「権爺穴」に人々の熱い思いが集まっていた時代があったかも知れない。

穴をのぞくと、吸い込まれるような闇《やみ》だった。「中に入って見ますか」。私はすぐ首を横にふった。

その気配を感じたのか、闇の底で何かが動いた。案内をしてくれた地元出身の玉置照雄さんが「コウモリや、コウモリがいる」と叫んだ。私は南方熊楠がコウモリを探しにこの洞窟《どうくつ》に入ったということを思い出した。

十数年前からこんな鉱物と地域の歴史を合わせて考えることをしている。例えば、紀州藩が頼宣公の入国で三重県の松阪まで領地を広げた。勢和村の水銀産地も含まれていた。伊勢水銀といわれたもの。そして紀和町板屋の鉱山。県内でも熊野では金銀銅が採れた。

平維盛が那智の浜で入水したと見せかけて、人里離れた色川に隠れ住んだという。昔は海が幹線だったから、山深いところと言えないのではないか。黒潮の海を見下ろす妙法山は舟人が航海の目印とした。維盛は豊富な色川の鉱物を抱え込み、ひそかに平家再興を考えていたのでは。今も、金が採れるところとして、色川があげられているが、採算がとれないので休山しているらしい。

現世極楽の熊野御幸は何だったのだろう。上皇や法皇のねらいは、熊野水軍と銅がお目当てだったという研究家がいる。中世の頃、熊野で銅を精錬したカマ跡が残っているからだ。

那智勝浦町に住む坂口博さん（大正七年生まれ）は、鉱山主だった父親に連れられてよく熊野の山を歩いたと聞く。この人の記憶にあるかぎりの鉱山のあった場所を、地図の上に書きとめた。何と本宮から那智に至る熊野古道の大雲取、小雲取の間に、たくさんの鉱山がある。藤田組、石原産業、三井、三菱の名も出た。銅だけではない。金も銀もとれた。熊野がやがて庶民の信仰の場となっていったとき、山が異様に輝くのを見てカミを感じたかも知れない。この輝きは夕日をあびて、山に突出している黄銅鉱が反射するのだ、とも聞いた。

旅　遺伝子に駆り立てられ歩く

たくさんの紀州路を歩いた。

その時、その季《とき》の情景が流れるように思い出される。「二度と同じ風景には出合えない」。それは年齢によっても、感情によっても変わってくるからだ。何より人との出会いがうれしい。話を聞く。内容は多岐にわたる。古代のこと、徐福が来た。日高にも立ち寄ったのではないかと。ジンム東征、高野街道、弘法伝説、熊野みち。和泉式部。ちょっとした昔話から大きな歴史が開ける。和歌山から見る日本が面白い。更に世界が見える。

和歌山なんかの地方を書いて何になるか――。さんざん聞かされたが、書いているうちにふるさとブームが来て、そして去っていった。私はまだ書いている。書き続けることだと思っている。地名を知る。地図を読む。詩人・佐藤春夫は「ふるさとの一木一草を知ることが本当の知識人だ」と書いていた。歩かなければ語れない紀州がある。

幼い頃、旅好きの両親に連れられて大阪から熊野や高野へ行った。自分も楽しむ。子どもには、他所《よそ》の文化を学べというのが親の信条であったようだ。確かに幼い感性でとらえた熊野や高野の神秘さを記憶している。

私はいつもいい旅に恵まれる。今年の春、四月十九日。気候が不順で、開花予想が乱れがちであったのに、岐阜の荘川桜の満開に出合えた。御母衣《みほろ》ダムを見下す四百年の桜だ。ダム湖から吹き上がる風、白山から吹き下る風に、花はささやきあうようにゆれていた。満開という咲き極まるときの勢いは「におうがごとし」だ。それ以上の言葉がない。何度も深呼吸をして花の勢いを吸い上げた。心が桜色になるように。来年はどんな桜に出合えるか。どんな人と出会えるか——。

西行や連歌師の宗祇《そうぎ》、芭蕉のように、どこかへ旅をしたいといつも思っている。美しい旅にあこがれている。

私の六、七代前の祖先に無類の旅好きがいた。かなり裕福な暮らしだったのだろう。伴《とも》をひとり連れて一八三一年（天保二年）から翌年にかけて、由良から常陸国（茨城県）の鹿嶋神宮へ、そこから福島、宮城、山形、新潟、長野、愛知、三重、紀州をふくめて七十六社をめぐり歩いている。

一年余りの思いがしみた朱印帳の一冊が私の手もとにある。「日本第一熊野山新宮十二社御広前」（速玉大社）とあり、さらに熊野那智権現・実方院。そして熊野本宮。熊野三山を、天保の時代に歩いている。これには感激した。そして道成寺を経て、最後は由良の興国寺でこの旅を終えている。旅の目的は何だったのか。

常陸国で二十一社寺めぐりをしているのは、武田家のルーツを探しに行ったのか。由良は武田信玄のゆかりを伝える家が多い。道中記のようなものは残っていない。

天保時代のこの大旅行について、由良町の前公民館長・大野治さんが小冊子「畑、西保《さいほ》家に残る天保の朱印帳」の中に、「山伏姿なのか、どんな後生を願って、松尾芭蕉の『奥の細道』の旅より長い

諸国を巡拝したのか知りたい」と書いている。

本城（西保）久兵衛剛寛《よしひろ》。その人が熊野詣《もうで》した百年後、私は生まれた。私をひたすら歩かせるのは、こんな遺伝子が目ざめたのかも知れない。いつの日か先祖が歩いた「道」を訪ねたい。

噂　許せぬ記憶が私にはある

「みちの記」に噂《うわさ》を書くと言うと、「噂に道があるのか」と怪訝《けげん》がられた。噂は人間が歩いて運んだものだ。女性特有の噂がある。世間ばなしだ。話題が限られているので、「女の話は一里かぎり」ということわざがある。男性にも結構噂好きな人もいる。歩いて広がったものが、今は電話、車、携帯電話の普及で動きが変わった。悪い話は早く伝わる。噂が空中を電波で飛んでいると思うと奇妙だ。「噂がとぶ」。昔からこんな言葉があった。

また、噂は「たてる」「たつ」という。発信者がいて、運ぶ人がいる。噂をあやつるのに見えざる大勢の仲間がいるように「みんな言うてる」で、人から人へ「噂は倍になる」のだそうだ。怪物のようなもの。噂ばなしで盛り上がっている人たちはそれが快感であるらしい。「人の噂を言うはカモの味」。おいしいカモにたとえられる。「人の噂も七十五日」。二カ月もすると飽きられる。あとはむなしさが残る。

私の友人は「噂」で自殺した。一九五四年(昭和二十九年)のこと。婚約してから挙式がのびのびになっていた。それだけでも大変だったのに、「なぜな」「何かあったのか」と田舎の小さな集落の世間話に、若い娘はさらに傷ついた。笑顔の可愛い少女時代を知っているだけに、噂を私は許していない。

「噂」を書くきっかけは、司馬遼太郎の「人間の集団について　ベトナムから考える」だ。ベトナム人は噂好きだという。「うわさは市中の市場でつねにうずまいており、かれらが市場へ行く目的のひとつはそれを仕入れに行くことにあるらしい」。噂を分析し、噂を流し、噂をあやつり、金もうけをするというのである。経済を動かす。そんな力を持っているというのだ。これはベトナムだけではなく、どの国にもあるな、と興味深く読んだ。

話は変わるが、昨年、和歌山の大手の銀行があぶないという噂がたった。その日、私のところにも朝から数件の電話があった。預金を引き出しにかけつけた人の様子や「黒山の人だかり」など、確かに話を聞くだけでおびえた。すぐ噂は消え、町は平常にもどった。

その後、友人の北野栄三さんから『うわさ』という本をお借りした。そんな本があると聞いたとき、じめじめした地方のうすよごれた噂ばなしを想像したが、「うわさ　もっとも古いメディア」。著者はフランスの社会学者。しゃれた装丁の本であったことに驚いた。

「うわさは重大な社会現象だ」として、「神秘的な、呪術《じゅじゅつ》的なものを連想させる」「うわさが飛ぶ、うわさが這《は》う、うわさが蛇行する、うわさが孵化《ふか》する、うわさが走る――」。道があるのだ。どこか陰にこもった響きもある。「うわさの色は黒」と書いていた。

今は情報が多すぎる。噂も伝えられているうちに、伝える人の主観が加えられ、かたちが変わってしまうこともある。「黒」に染まらず、さわやかに暮らすには、情報を選択することだろう。「噂のみち」もだんだん複雑になってゆく。「口へん」に「尊い」という字を合わせて「噂」。この意味もまた考えてみよう。

知道　私は創る　一歩また一歩

連載を始めた頃、「知道《チータオ》」「不知道《プチータオ》」という二つの中国語を教えてくれた人がいた。「知ってるか」「いいえ、知らない」という意味らしい。「すごいね、『道』がついてるよ」。そのとき、「みちの記」の参考になればと、『老子』『荘子』や『淮南子《えなんじ》の思想』など数冊の文庫本をいただいた。

「この年（六十六歳）の私に論語を読めと言われるのですか――」。驚きとちょっとした反発があったが、持ち前の好奇心が動く。知らないことを知る喜びがある。まず、『老子』の本を手にした。訳者が小川環樹だったからだ。ノーベル物理学賞の湯川秀樹の実弟で、祖父は旧紀州藩士。和歌山ゆかりの人への親しみがあった。この祖父は孫たちが幼稚園にあがる頃になると、呼び寄せて漢文の素読をさせていたという。その孫が『老子』を書いている。

第一章は「道の道《い》う可《べ》きは、常の道に非《あ》らず」。いきなり「道」と出合う本だった。紀元前の言葉の重みを感じたが、それ以上読み進むことはできなかった。やや時代は古いが、ほぼ同時代の孔子の名言を学生の頃、漢文で習った。「朝《あした》に道を聞けば、夕べに死すとも可なり」。意味を理解するよりも、言葉の響きが好ましかった。「論語読みの論語知らず」ということわざをなぜか思い出した。

この時代の中国の思想家たちは万物の根本となる真理を『道』といったそうだ。老子の「道とは何

165　知道

か」「自然に返れ――文明を白紙にもどすこと」「あるがままに生きる」「足るを知る」。本の中でいくつもときめきの一文に出合えた。しかし、読みふけるには難解すぎた。そのまま本棚にしまい込むのは惜しい。「道の記」にいずれか引用して書いてみようと思いながら、最終回を迎えた。参考になれば――だったが、二千五百年の歴史を重ねてなお新鮮さと輝きを持っていることの驚きがあった。年をとったからこそ、理解できることもある。

「いろいろの道があるのですね」。「道の記」の読者という人に声をかけられた。「夢中で道を考え、より道をしたり、道からはずれそうになったりしましてね」「つぎはどんな道かと楽しみでした」「ありがとうございます」

話のタネは不自由しなかった。友人たちが集まるおりおり、「道」を持って来てくれる。「産道があるよ」と産婦人科医の友。ふたり目の子は道がついているから楽なのだ、と。「清少納言の枕草子に『道は――』というのがなかったのが残念で――」。古代から現代まで、生活のまわりで「道」が動く。華道、茶道。香道というのもある。香のみちは雅《みやび》な思いに誘われる。五百数十年前、連歌師宗祇《そうぎ》が文人としての香道をきわめた。柔道、剣道、武士道というのもある。戦争を体験した私には「いさぎよく散る」を本懐とするこの道はつらい。道楽、極道にも「道」。

「僕の前に道はない、僕の後ろに道はできる」（高村光太郎「道程」から）。明日の道は見えないが、道を拓《ひら》く努力がいる。一九九九年（平成十一年）、やがて二十一世紀へ、一歩また一歩。百里の道も一歩から。じみに歩きながら、私は自分の道を創《つく》る。

あとがき

「みちの記」に「わがみちの記」を書き添えるつもりでいた。生まれてから（昭和六年）今日まで（平成十三年）、自分の身辺でおこったさまざまなこと、それが子ども心にどう見えたか、娘の頃は何を感じたかを。

生まれた時から日本は戦争をしていた。十四年間を経て敗戦で終わった。

「自由です」という言葉が氾濫する。戦前・戦後の教育はどうであったか。育った環境、師や友人、仲間たち、いくつかの試練。折々に書き記したものをふくめて、書きはじめると面白くて筆がとまらない。これは昭和史かな、女の生涯かな。

平坦な道にもアクシデントがある。平和に見えて痛みがある。

一〇〇枚を越えてしまって書くことをやめた。これは別の機会にまとめることにする。

「あの子は小学校の頃からノートとペン（鉛筆）を持ち歩いていた」

母がよく言っていた。書くことが好きだったことを言う。

細みちや牛にふさがれ遠まわり

小学校の遠足で俳句のようなものを作った。文集に載っている。「あぜ道」の方が良かったのかなと思うのは大人になってから、季語なんかは知らなかった。ひたすら五七五の言葉を合して遊び、ちょっとした俳人気どりの少女だった。

それから詩や短歌、絵など「わが道」は賑やかにひろがった。本を読むのが好きで、嫁入り道具に本を積み上げて行ったのが昭和二十九年（一九五四）。まだ上岩出村といわれていた「村」の話題になった。

生活は歌いたくなかった。家事の多忙の中で、抒情型歌人は挫折した。

しかし、何かを書かずにはおれなかったのだ。昭和三十四年のある日、和歌山市の同人誌「消息」（廃刊）に誘われて散文を載せるようになった。

それからずっと書き続けて、気がついたら古稀を迎えている。

道の出発は「細みち」からかも知れない。「紀のみちすがら」「紀の散歩みち」。道の興味は多岐にわたる。

もう少し生きて、「わが道」の彩りをふかめたい。

「みちの記」は朝日新聞和歌山版に連載した。写真はユニークな感性を持つ中川秀典さん。当時支局長だった石井晃さん（現・論説委員）にお世話になった。次席横川修さん（現・大阪本社学芸部次長）もありがとう。東方出版へは緒方勝義さん（元・読売新聞編集委員）に御紹介いただいた。

快く引き受けて下さった今東成人社長に心から御礼申し上げたい。

平成十三年六月

梅田恵以子

梅田恵以子
1931年４月11日生まれ。
1990年「紀州ふるさとの歌づくり」で森川隆之、杉原治両氏とともにサントリー地域文化賞を受賞。
著書
歌集「21歳」「紀のみちすがら」
「紀の散歩みち」「紀州　味と旅」
「味な味　その風土と人と」上・下
随筆「ふるさと讃歌」「紀州路100曲」
「紀州木の国　木々歩記」(上)・(下)
「梅田恵以子の百ってなあに」
「紀のくに草紙」「紀州から」他

みちの記

2001年９月10日　初版第１刷発行

著　者——梅田恵以子
発行者——今東成人
発行所——東方出版㈱
〒543-0052 大阪市天王寺区大道1-8-15
Tel.06-6779-9571　Fax.06-6779-9573
印刷所——亜細亜印刷㈱

落丁・乱丁はおとりかえいたします。
ISBN 4-88591-737-9